Vera Nentwich

Pseudonyme küsst man nicht

Zu diesem Buch

»Rote Rosen für den Lord« »Ein Schloss für Violetta« – so heißen die Liebesromane, die die Autorin Abigail Madison ihrer schmachtenden Fangemeinde präsentiert. Eine begeisterte Leserin will ihre Lieblingsautorin – sozusagen die Expertin für die Liebe – zu ihrer Hochzeit einladen. Doch das geht nicht, denn Abigail Madison gibt es gar nicht. Die mehr als abgeklärte Amanda Schneider produziert die Schmonzetten unter Pseudonym. Nur hat Amanda Schneider nicht mit dem Vater der Braut gerechnet, der seiner Tochter keinen Wunsch abschlagen kann. So sieht sich Amanda plötzlich gefesselt einem russischen Bodyguard gegenüber. Die Auseinandersetzungen mit dem verdammt gutaussehenden Bruder der Braut gestalten sich mehr als hitzig, bis sogar die wenig romantisch veranlagte Amanda einsehen muss: Die wahre Liebe gibt es doch.

Vera Nentwich ist lustig und irgendwie ungewöhnlich. Ob das daran liegt, dass das Jahr 1959, in dem sie geboren wurde, ein ganz besonders gutes Weinjahr war? Die Autorin ist Entertainerin durch und durch; sie eroberte die Theaterbühne, macht Musik und schreibt seit Jahren erfolgreich humorvolle Krimis und Romane. Lesungen können da schon mal zu einer wahren Bühnenshow ausarten und Gästen zahlreiche neue Lachfalten bescheren. Vera Nentwich lebt intensiv. Mit ihren Büchern will sie inspirieren, Hoffnung geben und Traumschlösser bauen. Und sie liebt Eierkuchen. Eierkuchen steht für den Spaß und für all die Dinge, die nicht in ein festes Raster passen. Also Themen, die so sind wie sie. Anders eben.

Vera Nentwich

Pseudonyme küsst man nicht

Januar 2018

Liebe Diana,

viel Spaß mit Amanda
und der Liebe.

Mehr über die Autorin und ihre Bücher:
www.vera-nentwich.de

Bisher erschienen:
Kick ins Leben
Rausgekickt: Blaue Vögel
Tote Models nerven nur
Liebe vertagen, Mörder jagen
Tote machen Träume wahr

Ähnlichkeiten mit lebenden oder verstorbenen Personen sind rein zufällig und nicht beabsichtigt.

1. Auflage November 2017

Kimplerstr. 326, 47807 Krefeld
Lektorat: Dorothea Kenneweg
Korrektorat: Gundi Fischer
Umschlaggestaltung: Casandra Krammer
Covermotiv: © depositphotos.com
Druck: Sowa Sp. z o.o., Piaseczno Business Park
ul. Raszynska 13, 05-500 Piaseczno, Poland
ISBN 978-3-9818806-1-8

I

Dimitrij spielte mit seinem Messer und grinste mich an. Sein Goldzahn links blinkte so sehr, dass ich erwartete, wie in einem Comic gleich einen weißen Stern aufleuchten zu sehen. An seinen Armen und Händen waren Tätowierungen zu erkennen. Anders als die Rose, die ich schon mal auf dem Oberarm einer Bekannten bewundert hatte, sahen diese Kreuze und anderen Zeichen eher wie dahingekrakelte Kinderzeichnungen aus. Ich vermutete, dass es sich um Gefängnistattoos handelte. Darüber hatte ich mal eine Sendung im Fernsehen gesehen. Dass ich so etwas mal im echten Leben zu Gesicht bekommen würde, hatte ich nicht erwartet. Ehrlich gesagt, hätte ich dies auch gerne vermieden.

»Das ist Entführung!«, protestierte ich und zerrte an dem Klebeband, mit dem meine Arme und Beine an dem Stuhl befestigt waren. Dimitrij unterbrach die Reinigungsarbeiten an seinen Fingernägeln. Seine Augen verengten sich zu Schlitzen und sein Grinsen war verschwunden. »Schnauze halten!«, zischte er zwischen den Zähnen hervor. Sein eindeutig russischer Zungenschlag machte das Ganze noch bedrohlicher und ich bereute umgehend, dass ich es auch nur gewagt hatte zu atmen. Anscheinend war Dimitrij die Wirkung seiner

Worte unangenehm, denn er fügte in einem weitaus weniger bedrohlichen Ton hinzu: »Boss kommt gleich.«

Dimitrijs Chef war Boris Kolesnikow. Ein Mann, den man in Medienberichten gerne als russischen Oligarchen beschrieb. Dies wiederum war eine zu harmlos klingende Umschreibung für den skrupellosen, geldgierigen Gangsterboss. Und ich hatte es gewagt, diesem kaltblütigen Killer eine Bitte abzuschlagen. Jetzt bekam ich die Quittung.

Begonnen hatte es mit einer E-Mail. Sie hatte ausgesehen wie Spam und ich war nur einen Klick davon entfernt, die Nachricht zu löschen. *Das ist wahre Liebe* lautete der Titel. Absender war eine Vanessa Kolesnikow. Ich erwartete darin den Hinweis auf eine günstige Bezugsquelle von Viagra oder das geheime Rezept, um binnen Wochen Millionärin zu werden. E-Mails mit osteuropäisch klingenden Absendern verhießen selten Gutes. Es war ein Versehen, dass ich die Nachricht dennoch öffnete. Ich hatte mich einfach beim Aufräumen meines Posteingangs verklickt.

Der Inhalt der E-Mail erschien vor mir und ich las ihn. *Liebe Abigail* stand dort. Damit keine Missverständnisse aufkommen: Ich heiße nicht Abigail. Mein Name ist Amanda Schneider, aber das wussten meine Leser nicht. Eigentlich muss ich Leserinnen sagen, denn mein

Publikum war fast ausschließlich weiblich. Für diese Menschen war ich Abigail Madison, die Autorin so bahnbrechender Werke, wie *Rote Rosen für den Lord* oder *Ein Schloss für Violetta*. Zu Tausenden wurden diese Romane als E-Book von einer stetig wachsenden und mittlerweile schwindelerregende Zahlen erreichenden Leserschaft in den Online-Shops heruntergeladen. Mit den 2,99 Euro, die sie dafür entrichteten, bereiteten sie mir ein gutes Auskommen, und so saß ich Tag für Tag an meinem Computer, um ihnen einen ständigen Strom neuen Lesematerials darzubieten.

Doch es genügte nicht, nur alle paar Monate einen neuen Roman auf die Internetplattformen zu setzen. Ich musste mit den Fans kommunizieren. Abigail konnte das richtig gut. Sie war der Inbegriff einer Macherin. Erfolgreich als Unternehmensberaterin, hatte sie begonnen, nach einem langen Arbeitstag zur Entspannung Geschichten über die Liebe zu schreiben. Weil sie nie halbe Sachen machte, wollte sie ihre Werke nicht nur auf ihrer Festplatte schlummern lassen, sondern hatte sie begonnen, diese per Self-Publishing zu veröffentlichen. Ihre Werke fanden binnen kürzester Zeit reißenden Absatz. Als Resultat konnte sie ihren Job aufgeben und sich ganz dem Schreiben widmen. Sie lebte glücklich mit ihrem Mann Martin, den zwei Kindern Jonas und Anna und dem Golden Retriever Balko in einem Landhaus an der Mosel mit Blick auf Weinberge und Natur.

Dies war jedenfalls das, was die Leserinnen glaubten. Es kam nicht von ungefähr, denn ich hatte es ihnen so erzählt. Auf der Webseite von Abigail konnte man es nachlesen. Dort gab es auch ein Foto von Abigail. Sie war schlank, sportlich und die Dynamik strahlte aus allen Poren. Sie war so, wie ich nie sein würde.

Amanda Schneider ist alles andere als schlank und sportlich. Ich gelte gemeinhin auch nicht als dynamisch. Eher als etwas verträumt und schwerfällig. Würde ich mein wahres Ich als Autorin all dieser Romane zeigen, würden die Verkäufe schlagartig einbrechen. Meine Lebensgeschichte liest sich wie eine Aneinanderreihung von Niederlagen. Ich bin fünfunddreißig Jahre alt und kein nennenswerter Erfolg konnte bisher verbucht werden. Man könnte einwenden, dass ich immerhin unzähligen Leserinnen schöne Stunden bereitete und es geschafft hatte, vom Schreiben zu leben, was nicht vielen gelang. Aber das ging eben nur mit Abigail. Amanda hätte dies nie geschafft.

Schon in der Schule war ich das Pummelchen gewesen, das in allem hinterherhinkte. Meine Noten genügten gerade, um nicht sitzenzubleiben. Frau Jansen, unsere Lehrerin in der Grundschule, hatte immer wieder Gespräche mit meinen Eltern, nach denen mein Vater stets zu mir kam und auf mich einredete. »Amanda, deine Lehrerin hat gesagt, dass du es nicht auf das Gymnasium schaffen wirst, wenn du dich nicht mehr anstrengst.« Sein Gesicht zu diesen Worten machte deutlich, dass es keine größere Katastrophe gäbe. Wenn ich nicht auf das Gymnasium käme, wäre mein Leben vorbei. Ich schluckte und konnte nur ein leises »Ja, Papa« herausbringen. Fortan strengte ich mich an, so gut ich konnte, aber es genügte nicht. Mein Vater musste seine Kontakte zum Direktor des Gymnasiums intensivieren, um mir den Weg dorthin zu ebnen.

Überhaupt mein Vater. »Schneider Elektronik« ist der größte Arbeitgeber an meinem Heimatort. Als Tochter von Herrn Dr. Schneider – den Doktor hatte er von einer kleinen Universität in Polen verliehen bekommen, weil er dort eine Produktion für Lichtschalter aufgebaut hatte – hatte ich gefälligst unschlagbar und erfolgreich zu sein. Nur war ich das nie. Sehr zum Leidwesen meiner Eltern.

Nicht dass sie es nicht versucht hätten, mich auf Erfolg zu trimmen. Ich bekam die reinsten Koryphäen als Nachhilfelehrer, wurde zum Ballettunterricht gekarrt, zum Klavierspielen gezwungen. Aber nach kürzester Zeit scheiterte alles. Als dickes Mädchen im Ballett sah ich nicht nur dämlich aus. Ich verzweifelte bereits an den grundlegenden Figuren, denn ich war einfach nicht gelenkig. Irgendwann intervenierte die russischstämmige Ballettlehrerin Frau Scherznakowa bei meiner Mutter, sie möge aufhören, mich und vor allem sie mit meiner Anwesenheit im Ballett zu quälen. »Dieses Kind ist gänzlich ungeeignet«, hatte sie meiner Mutter entgegengeschleudert, als sie mich nach einer besonders katastrophalen Übungseinheit abholte. Frau Scherznakowas russische Seele schäumte. Die Konsonanten sprach sie noch härter aus, als sie es sonst tat, und ihr Blick schien geradezu nach einem Wodka zu schreien, um ihr kochendes Inneres zu beruhigen. Schon damals hatte ich ein gespaltenes Verhältnis zu allem Russischem. Ähnlich äußerte sich mein Klavierlehrer und sprach mir jedes musikalische Talent ab. Als ob ich das nicht schon längst gewusst hätte. Meine Eltern schien diese Erkenntnis dennoch unerwartet zu treffen. So sehr sie eine angemessene Tochter für die führende Unternehmerfamilie des Ortes aus mir machen wollten, es scheiterte stets.

Der einzige Freund, den ich über die ganzen Jahre hatte, war Georg. Er war der Sohn unseres Hausmeisters, und wir kannten uns von Kindesbeinen an. Schon in der Grundschule waren wir unzertrennlich. Es verband uns nicht nur, dass wir zusammen aufwuchsen. Wir waren beide unsportlich und eher gemütlich, und bei Georg kamen noch Sommersprossen und eine dicke Brille dazu, um ihn vollends in der Kaste der Unberührbaren zu verankern. Wir bildeten das Außenseiterduo. Wir waren die zwei Dicken in der letzten Reihe. Er stand mir zur Seite, wenn es mal ganz schlimm wurde, und ich schmiss gelegentlich meine ganze Körperfülle in die Waagschale, um ihm zu helfen. Ohne ihn hätte ich die Schulzeit nicht überlebt. Hilfreich war auch, dass er sich in einem von mir unterschied. Er war gut in der Schule. Er las ständig irgendwelche Bücher, und es bestand nie ein Zweifel daran, dass er es auf das Gymnasium schaffen würde. Später haben wir dann geheiratet, aber das ist eine andere Geschichte.

Ich rutschte einfach so durch die Schulzeit. Dass die angesagten Mädchen um Nadine Hausmann mich nur gelegentlich malträtierten, hatte ich neben Georgs Mut nur dem Umstand zu verdanken, dass meine Familie einfach zu bedeutend war, um sich mit mir auf Dauer anzulegen. Auch die Lehrer schienen dieser Ansicht zu sein, und so genügte Georgs Hilfe, um einen mittelprächtigen Abschluss zu machen, der von vorneherein jede größere Berufskarriere ausschloss. Doch mein Vater wollte nicht aufgeben, und so bekam ich gleich nach Entgegennahme meines Abiturzeugnisses einen Studienplatz in Betriebswirtschaftslehre kredenzt, zu dem ich mich nie beworben hatte. Das hatte mein Vater organisiert, und wie immer fügte ich mich.

Ich war es also gewohnt, von Bossen unterdrückt zu werden. Allerdings war auf einen Stuhl gefesselt einen Auftragskiller bei der groben Maniküre zu beobachten, auch für mich eine neue Erfahrung. Dies durfte ich nun erleben, weil ich die E-Mail von Vanessa abschlägig beantwortet hatte. Sie hatte in ihrem Schreiben berichtet, dass sie heiraten würde und ein großer Fan meiner Bücher sei. Daher sei es ihr sehnlichster Wunsch, dass Abigail Madison ihre Trauzeugin sein sollte. Sie unterstrich ihre Bitte mit einem erheblichen finanziellen Betrag, um meine Kosten zu decken, wie sie es beschrieb. Ich muss zugeben, dass mich ein Betrag mit fünf Nullen mächtig ins Schwanken gebracht hatte, aber letztlich siegte die Vernunft. Denn ich war nun mal nicht Abigail. Abigail gab es gar nicht, und daher konnte sie auch nicht auf diese Hochzeit gehen. Ich antwortete also sehr freundlich und bedauerte zutiefst, dass ich dieser Bitte nicht nachkommen könnte.

Doch ich hatte meine Rechnung ohne den Vater gemacht. Dabei hätte ich es wissen müssen. Mein Vater duldete schließlich auch keinen Widerspruch. Ob er sich allerdings auch so für das Wohl seiner einzigen Tochter einsetzen würde, wie es Boris Kolesnikow tat, wagte ich zu bezweifeln. Der Oligarch schickte eine ganze

Armada von Spürhunden aus, die Abigail Madison finden sollten. Dabei kam es, wie es kommen musste: Sie landeten bei mir. Das war zwei Wochen, bevor ich mich mit Dimitrij in diesem Keller wiederfand. Dimitrij hatte ich zu dieser Zeit ebenfalls kennengelernt. Er fuhr den schwarzen Mercedes mit verdunkelten Scheiben, der neben mir hielt, als ich gerade einem abendlichen Impuls gefolgt und mit Jogginghose und Mantel bekleidet kurz zum Supermarkt gehuscht war, um dieses Gelüste mit einem Liter feinstem, cremigen Eis zu befriedigen. Es war ein Moment, in dem eine Frau niemals angesprochen werden wollte. Alleine die Erkenntnis, dass einen jemand in diesem Aufzug beim Nachgeben einer unverzeihlichen Schwäche überhaupt bemerkte, war erschreckend. Um ein Vielfaches schockierender war es jedoch für mich, als dieser Mercedes langsam neben mir fuhr, dann einige Meter weiter zum Stehen kam und Dimitrij ausstieg. Er trug wie heute einen exzellenten Anzug, blank polierte Lederschuhe und ein Pistolenhalfter. Das Messer, mit dem er sich heute die ganze Zeit beschäftigte, war mir damals nicht aufgefallen. Aber seine Erscheinung genügte, um mich in meiner Bewegung innehalten und mein Eis fest umarmen zu lassen. Für diese cremige Versuchung würde ich kämpfen, und wenn es das Letzte wäre, was ich täte. Doch der finale Kampf war

nicht nötig. Stattdessen glitt die hintere Seitenscheibe mit einem leisen Surren nach unten und gab den Blick frei auf einen Mann, dem man seine osteuropäische Herkunft ebenfalls deutlich ansah. »Dimitrij, du erschreckst die Dame«, sagte der Mann. Dimitrij ging zurück zur Fahrerseite und stieg wieder ein. »Entschuldigen Sie, Frau Madison«, fuhr der Mann im Wagen fort. »Mein Name ist Boris Kolesnikow. Sie haben von meiner Tochter gehört, denke ich.«
Ich befand mich in einer Zwickmühle. Bestätigte ich, dass ich von seiner Tochter bereits gehört hatte, gab ich automatisch zu, dass ich Abigail Madison war. Ich konnte also nur heftig mit dem Kopf schütteln und sagen: »Es tut mir leid, aber Sie scheinen mich zu verwechseln.« Ich hängte ein Lächeln an, zog mein Eis fester an meine Brust und machte erste Schritte in Richtung meiner Wohnung. Ich rechnete damit, dass Dimitrij meinen Fluchtversuch unterbinden würde, aber er tat es nicht. Ich beschleunigte meine Schritte, bog um die Straßenecke und stellte erleichtert fest, dass mir der Mercedes nicht folgte. Nun rannte ich fast und war froh, als sich meine Wohnungstür hinter mir schließen und auch beim Kontrollblick auf die Straße nichts Verdächtiges feststellen konnte.

Dass diese Erleichterung nur von kurzer Dauer sein sollte, wurde mir bereits am nächsten Mittag klar. Ich ging zum Mittagessen in das kleine Bistro, nur zwei Ecken von meiner Wohnung entfernt. Dies tat ich regelmäßig. Ich genoss es, meinen Computer zu verlassen, mir die Tageszeitung zu schnappen und dann in diesem gemütlichen Lokal für ein oder zwei Stunden auf andere Gedanken zu kommen, bis ich an meinem Schreibtisch wieder darüber grübelte, wie Lady Daphne die Heirat ihrer Nichte zu verhindern suchte. Die Bedienung im Bistro hieß Melanie, und wir duzten uns mittlerweile. Sie studierte Germanistik, jobbte, um über die Runden zu kommen, und betrieb viel Sport, was man ihrer Figur deutlich ansah. Manchmal, wenn nicht so viel los war, plauderten wir über unser Leben. Ich war fasziniert von ihrem wechselhaften Lebensweg, der sie schon in so jungen Jahren hatte mehr Erfahrungen sammeln lassen, als ich mit meinen Mitte Dreißig vorzuweisen hatte. Auch ihr Elan beeindruckte mich. Sie war das glatte Gegenteil von mir. Wenn sie so erzählte, bedauerte ich immer mehr, dass meine Figuren immer auf englischen Schlössern lebten und sich im Regelfall keine Sorgen um Geld machen mussten. Wie gerne würde ich eine solche Protagonistin erschaffen, deren Leben so widersprüchlich, bunt und abwechslungsreich wäre, wie ich Melanies Leben empfand.

»Hallo, Amanda«, empfing sie mich. »Wir haben heute wieder Karotten-Ingwer-Suppe. Eine große Portion?«

»Ja, gerne. Und eine Rhabarberschorle.«

Melanie nickte. Ich ging durch das kleine Lokal, setzte mich an meinen Stammplatz im hinteren Bereich, breitete meine Tageszeitung vor mir aus und sog tief Luft ein. Ich liebte diese Pause. Doch das Glück war an diesem Tag nur von kurzer Dauer. Gerade, als Melanie mit der Rhabarberschorle zu mir kam, öffnete sich die Tür zum Lokal und zwei mir mittlerweile bekannte Männer traten ein. Boris Kolesnikow, gefolgt von Dimitrij, blickte suchend umher, bis er mich gefunden hatte und zielstrebig auf mich zusteuerte. Melanie musterte die beiden schwarzgekleideten Männer, von denen einer ohne weiteres als Profikiller durchgehen würde und wahrscheinlich auch einer war, und sah dann ängstlich zu mir. Ich nickte ihr beruhigend zu, obwohl ich nicht sicher war, ob ich nicht besser flüchten sollte. Aber vor zwei Wochen hatte ich noch an die Macht des Gesprächs geglaubt. Melanie stellte die Schorle vor mir ab und ging zögerlich zurück zur Theke.

»Liebe Frau Madison, entschuldigen Sie, dass ich Sie hier überfalle, aber unser letztes Gespräch endete so abrupt. Ich hatte das Gefühl, Sie haben die Dringlichkeit meines Anliegens nicht verstanden.« Boris Kolesnikow stand vor mir und beobachtete, wie ich, um Ruhe bemüht, das Glas mit der Schorle ergriff, zum Mund führte und so gelassen wie möglich daran nippte. Überraschend wenig zitternd stellte ich es wieder ab, wandte mich mit einem Lächeln dem Russen zu und säuselte: »Ich habe Ihnen doch gestern schon gesagt, dass Sie sich irren. Ich bin nicht die Frau, die Sie suchen.« Ich drehte das Glas in meinen Händen und spürte der Kühle nach. »Es ist mir sehr unangenehm, dass Sie mich bis hierher verfolgen. Bitte verlassen Sie das Lokal.« Mir war nicht klar, woher ich diese Chuzpe nahm. Es musste etwas mit diesem Effekt zu tun haben, der in angespannten Situationen auftrat und Menschen über sich hinauswachsen ließ. Wenn ich aber gehofft hatte, mein Gegenüber dadurch zu beeindrucken, konnte ich nicht enttäuschter sein. Boris Kolesnikow nickte seinem Bodyguard zu, worauf der einen Stuhl an meinen Tisch schob, auf dem sich sein Boss niederließ. Er lächelte mich an und hätte eine weiße Katze auf seinem Schoß gesessen, so wäre das Bild vollends stimmig gewesen. »Frau Madison, es tut mir weh, dass Sie mich für so dumm halten.«

Ich wollte etwas erwidern, aber er hob die Hand, und ich hielt es für besser, meinen Gedanken nicht auszusprechen. »Frau Madison, ich weiß genau, wer Sie sind. Hören Sie auf mit diesen Spielchen. Meine Tochter ist ein sehr großer Fan von Ihnen und möchte, dass Sie bei ihrer Hochzeit dabei sind. Und was meine Prinzessin

möchte, das bekommt sie von ihrem Papa.«
Melanie kam an unseren Tisch und stellte die Karottensuppe vor mir hin. Ich lächelte ihr zu. Ihr Blick wirkte aber keineswegs beruhigt. Ich nickte ihr deutlicher zu, und sie ging zögerlich zurück zur Theke. Dann wandte ich mich dem Russen zu. Ich musste meine Taktik wohl ändern. Ehrlichkeit war angesagt. »Lieber Herr Kolesnikow, Abigail Madison gibt es nicht. Es ist ein Pseudonym, eine Kunstfigur, die ich geschaffen habe, um meinen Leserinnen das zu geben, was sie sich wünschen. Niemand wünscht sich Amanda Schneider. Also, verstehen Sie, wenn ich zur Hochzeit Ihrer Tochter erschiene, würde sie das nicht freuen, sondern eher in Verzweiflung stürzen. Seien Sie ein liebender Papa und bewahren Sie Ihre Tochter davor. Sie können ihr doch sagen, Sie hätten Abigail Madison nicht gefunden.«
Das Gesicht des liebenden Papas zeigte, dass er nachdachte. Währenddessen bemerkte ich, dass sich die Tür zum Lokal öffnete und ein Mann in blauer Uniform eintrat. Melanie ging auf ihn zu, flüsterte ihm etwas ins Ohr und wies auf mich. Dimitrij hatte dies ebenfalls bemerkt und tippte seinem Chef auf die Schulter. Der sah kurz zur Tür und dann wieder zu mir. »Unsere Unterhaltung wird leider unterbrochen. Bitte denken Sie noch einmal über mein Anliegen nach, liebe Frau Madison. Wir unterhalten uns später.« Er stand auf und

folgte Dimitrij, der an dem Polizisten vorbei ging und die Tür öffnete. Boris Kolesnikow nickte mir noch kurz zu, grüßte den Polizisten mit einer kurzen Bewegung der Hand zum Kopf und folgte seinem Bodyguard hinaus. Ich hatte damals schon das Gefühl gehabt, es würde nicht unser letztes Zusammentreffen sein.

II

Die Tür öffnete sich knarzend. Dimitrij stellte die Reinigungsarbeiten an seinen Nägeln ein, steckte sein Messer weg und stand auf. »Guten Tag, Frau Madison.« Ich hatte Boris Kolesnikow erwartet, aber vor mir erschien ein jüngerer Mann und ließ sich von Dimitrij einen Stuhl heranschieben. Dann nahm er Platz. »Es tut mir leid, dass wir uns unter solchen Umständen kennenlernen, Frau Madison.«

Ich konnte ihn nur wortlos anstarren. Zum einen, weil ich keine Ahnung hatte, wer dieser Typ war, und zum anderen, weil er so verdammt gut aussah.

»Mein Name ist Sascha Kolesnikow. Meinen Vater haben Sie ja bereits kennengelernt.« Ich musste kurz die Augen schließen, um wieder zu mir zu kommen und mir die aktuelle Situation bewusst zu machen. »Das ist Freiheitsberaubung!«, platzte es aus mir heraus und ich war überrascht von dem Anteil Verzweiflung, der in meiner Stimme lag.

»Ich bedauere, dass Sie es so sehen. Ich würde es lieber als nachdrückliche, aber wohlgemeinte Einladung betrachten.«

»Und das?« Ich rüttelte mit meinen an der Stuhllehne befestigten Händen.

»Das ist nur zu Ihrer Sicherheit. Wir wollten nicht, dass Sie sich in völliger Missdeutung der Situation zu unbedachten Handlungen hinreißen lassen, die Ihnen schaden könnten.« Er nickte Dimitrij zu. Der zückte erneut sein sehr großes Messer. Ich wollte etwas sagen. Ich untertreibe, ich wollte eher panisch schreien, aber mir blieb die Stimme im Hals kleben. So konnte ich nur beobachten, wie sich der Killer mit dem Messer näherte. Statt es aber in Richtung meiner Kehle zu bewegen, machte er sich am Klebeband zu schaffen und erlöste mich mit einer kurzen Bewegung von meinen Fesseln. Ich rieb mir die Handgelenke und bewegte meine Füße.

»Noch einmal, ich bedauere die Umstände, Frau Madison, und hoffe, Sie können mir irgendwann verzeihen.«

Der Juniormafiaboss sah mich an, und ich wandte meinen Blick von meinen Handgelenken ihm zu. »Wie können Sie denken, Sie könnten mich entführen, mich in einem dunklen Verlies festhalten mit diesem, diesem …« Ich wedelte mit meiner Hand in Richtung Dimitrij. »Egal, wie können Sie denken, ich würde das einfach hinnehmen? Sie gehören hinter Gitter! Ihr Vater, Sie, alle.«

Sascha Kolesnikow seufzte und nickte Dimitrij zu. Der nickte zurück.

»Was ist?«, fragte ich. »Sie denken doch nicht im Ernst, ich würde das einfach alles auf sich beruhen lassen?«

Der Sohn des Hauses schüttelte sanft den Kopf. »Frau Madison, das ist wirklich sehr bedauerlich. Meine

Schwester liebt Ihre Bücher so sehr. Sie wäre unendlich traurig, wenn es keine weiteren Werke ihrer Lieblingsschriftstellerin geben würde. Und wenn Vanessa traurig ist, dann ist auch mein Vater traurig. Und wenn er traurig ist … Bitte überdenken Sie Ihre Haltung noch einmal.« Seine Stimme war ruhig und klang fast freundschaftlich. Daher verstand ich zuerst nicht, was er gesagt hatte. Gerade, als ich nachfragen wollte, was er wohl gemeint hatte, wurde es mir klar. Die Erkenntnis ließ mein Blut in den Magen sacken und mir wurde schwindelig. »Oh.« Mehr konnte ich nicht artikulieren. Dann begann ich zu wimmern. Es ist mir peinlich, aber ich war es nicht gewohnt, dass man mir drohte, mein Leben jäh zu beenden. Die einzige Reaktion, die mir in diesem Moment in den Sinn kam, war Wimmern. Wäre ich Thrillerautorin gewesen, hätte ich mich zuvor vielleicht zumindest theoretisch einmal mit einer solchen Situation auseinandergesetzt. Aber meine Helden kamen niemals in solche Situationen. Sie verstauchten sich höchstens mal den Knöchel, wenn sie nach einem langen Ausritt von ihrem Pferd abstiegen. Sie saßen niemals in kalten, muffigen Verliesen, die merkwürdigerweise nach Wein rochen, und sahen sich einem Killer und dem Sohn eines fiesen Mafiabosses gegenüber, die ihnen das Ende ihres Lebens ankündigten. »Frau Madison, es wird nicht soweit kommen.« Sascha Kolesnikow tätschelte meine Hand und ich zuckte erschrocken zurück. »Ich bin mir sicher, Sie haben den Ernst der Situation verstanden, nicht wahr?«, hängte er an. Ich nickte. »Gut«, fuhr er fort. »Fühlen Sie sich in der Lage, mit mir die Details unseres Arrangements zu besprechen?«

Details? Was meinte er mit Details? Die waren doch klar. Ich machte, was er wollte, und er ließ mich dafür am Leben. »Welche Details?« Ich war überrascht, dass meine Stimme wieder funktionierte.

»Wenn Sie mir versprechen, nichts Unbedachtes zu tun, können wir diesen unwirtlichen Ort verlassen, und ich zeige Ihnen Ihr Zimmer. Meinen Sie, das ginge?« Sascha erhob sich. Ich tat es ihm vorsichtig nach und spürte, wie meine Gelenke jubelten, dass sie wieder genutzt wurden.

»Sehr schön. Kommen Sie«, befahl er, und ich machte einen ersten Schritt in seine Richtung, streng beäugt von Dimitrij. Rechnete er damit, ich würde über seinen Schützling herfallen und ihn überwältigen? Hätte er mich je bei einer Bauch-Beine-Po-Übung im Fitness-Studio gesehen, wüsste er, dass ich niemals zu einer schnellen, sportlichen Bewegung fähig war. Ich konnte nur langsam dem Kerl folgen und hinter ihm durch die Tür hinaus gehen. Nun wurde mir klar, warum ich ständig den Geruch von Wein um die Nase hatte. Mein Verlies war ein Seitenraum des Weinkellers, in dem wir nun standen. Ich musterte die imposante Anzahl von Weinflaschen, die dort lagerten. Dimitrij gab mir einen kleinen Schubs, weil ich kurz stehengeblieben war. Ich zuckte zusammen und machte einen größeren Schritt, um wieder zum Sohn des Hauses aufzuschließen. Der öffnete eine weitere Tür, hinter der eine Treppe nach oben führte. Nur wenige Stufen trennten mich vom Tageslicht. Der Gedanke löste immense Glücksgefühle in mir aus. Es war beachtlich, wie sich Relationen verschieben konnten, wenn man nur einmal um sein Leben hatte fürchten müssen. Sascha Kolesnikow öffnete die Tür am Ende der Treppe und tatsächlich umfing uns strahlender Sonnenschein. Ich musste meine Augen zusammenkneifen, um sie langsam an das Licht zu gewöhnen. Als ich sie wieder öffnete, entstanden vor mir die Umrisse einer Statue. Die wiederum schmückte das untere Ende einer imposanten, geschwungenen Treppe. Ich blickte mich um und sah mich im Eingangsbereich einer großen Villa oder gar eines Schlosses, wie es die Figuren in meinen Romanen bewohnten.

»Kommt es Ihnen bekannt vor?« Sascha Kolesnikow grinste mich an. Ich runzelte die Stirn. Was meinte er?

»Kommen Sie. Sie müssen es doch erkennen, Frau Madison.«

Ich verstand nicht und blickte mich ratlos um. Zwei

weiße Statuen schmückten den Treppenaufgang. An den Wänden hingen Gemälde von diversen Herren aus verschiedenen Epochen. Am oberen Ende des Treppenaufgangs konnte ich ein Geländer und einen Rundgang erkennen, von dem verschiedene Türen abgingen. Er hatte recht. Es kam mir bekannt vor, obwohl ich mir sicher war, nie vorher in einem solchen Schloss, oder was immer es war, gewesen zu sein. Aber dann blitzte ein Name in meinem Hirn auf. »Hillsborough Castle«, stieß ich hervor.
Sascha Kolesnikow grinste. »Sie hätten nicht gedacht, dass wir es finden würden, nicht wahr?«
Ich starrte ihn an. Natürlich hätte ich nicht gedacht, dass jemand das Schloss finden würde, in dem Adriana, die Heldin aus *Rote Rosen für den Lord* lebte. Denn dieses Schloss gab es gar nicht. Ich hatte mir alles ausgedacht. Ich drehte mich um die eigene Achse, um die Eingangshalle in allen Einzelheiten zu betrachten. Es war Hillsborough Castle. Wie konnte das sein? Und würde als Nächstes Lord Huddleston die Treppe hinunter kommen?

Mein Mund musste offengestanden haben, denn der Mafiaboss lachte. »Sie haben es uns nicht leicht gemacht. Sie haben in Ihren Geschichten alles ganz schön verändert. Künstlerische Freiheit, nicht wahr?« Wieder lachte er auf. »Aber schließlich haben Vaters

Leute diesen Ort gefunden. Ist das nicht hervorragend?«

Mir war nicht klar, wie ich reagieren sollte. Plan A: Ich lachte ebenfalls laut auf, klopfte ihm jovial auf die Schulter und sagte: »Sascha, da habe ich euch aber mächtig verarscht. Ich habe doch alles nur erfunden. Ihr könnt mich mal.« Die Wahrscheinlichkeit war groß, dass die Familie dies nicht einfach so hinnehmen würde, sondern dass Dimitrij unmittelbar nach Ausführung von Plan A zur Tat schreiten würde, um mein erbärmliches Leben abrupt zu beenden. Dann schon lieber Plan B: Ich spielte diese Posse mit und wartete auf meine Chance, hier irgendwie rauszukommen. Plan B erschien mir im Moment auf jeden Fall ratsamer und so setzte ich ihn sogleich in die Tat um.

»Das ist wirklich beeindruckend«, säuselte ich daher meinem Entführer zu und zauberte ihm ein zufriedenes Lächeln auf das markante Gesicht.

»Hier wird Vanessa ihren Paul heiraten. Genau so, wie Adriana ihren Lord geheiratet hat. Nur dass Paul dummerweise kein Lord ist. Aber was mein Schwesterchen möchte …«

»… das bekommt es auch«, beendete ich den Satz und erschrak über meine eigenen Worte. Sascha lachte laut auf. »Genau. Hat Ihnen das mein Vater bereits deutlich gemacht?« Er winkte Dimitrij heran. »Zeig der Dame ihr

Zimmer.« Dimitrij nickte und gab mir das Signal, ihm zu folgen.
»Ach, Frau Madison, verzeihen Sie, dass Dimitrij ihr Zimmer verriegeln wird. Wir möchten nicht, dass Sie sich auf dem Gelände verirren. Wir holen Sie dann zum Abendessen ab. Sie haben genügend Gelegenheit, sich zu entspannen und zum Abendessen umzuziehen.«
Ich wollte protestieren, aber dann dachte ich an Plan B und folgte stattdessen Dimitrij. Auch fragte ich mich, wie ich mich wohl umziehen sollte, wenn ich doch ohne Gepäck angereist war – sozusagen –, doch ich hatte eine Ahnung.

Die Ahnung bestätigte sich. Das Zimmer war nicht nur außerordentlich geräumig und geschmackvoll eingerichtet, auch der begehbare Kleiderschrank war umfassend bestückt. Ich musste mir eingestehen, dass ich normalerweise jubeln würde beim Anblick dieser tollen Kleider, wenn die Umstände anders gewesen wären. Waren sie aber nicht. Also rannte ich durch die Räume meines Gefängnisses und rüttelte an Türen und Fenstern. Nur, um festzustellen, dass alle fest verschlossen waren. Ein altmodisches Telefon stand neben dem Bett. Der weiße, geschwungene Hörer lag auf einer goldenen Gabel, aber ich suchte vergebens eine Tatstatur oder zumindest eine Wählscheibe. Ich nahm vorsichtig den Hörer ab und horchte, ob es ein Amt gab.

Stattdessen erklang nach kurzer Zeit die Stimme eines Mannes. »Guten Tag, Madame. Was kann ich für Sie tun?« Erschrocken ließ ich den Hörer wieder auf die Gabel fallen. Es gab kein Entkommen. Zumindest jetzt noch nicht. Diese Erkenntnis drückte mich auf das riesige Bett. Ich vergrub mein Gesicht in meinen Händen und weinte. Ich war von einem skrupellosen Mafiaboss in meine eigene Fantasiewelt entführt worden. Mein Leben würde womöglich auf einem Schloss sein Ende finden, das ich selbst erfunden hatte. Es war tragisch. Und irgendwie auch komisch. Zumindest war es skurril. Eigentlich sogar der passende Abgang für mein überaus skurriles Leben. Allerdings noch mindestens fünfzig Jahre zu früh. Der Gedanke versetzte mir einen Stich und ich schluchzte auf. Ich hatte doch noch so viel vor. Ich stockte in meinem Heulanfall. Was hatte ich eigentlich vor? Das Thema Mann und Kinderchen hatte ich längst ad acta gelegt. Mich würde nie ein Mann lieben. Dazu war ich einfach zu merkwürdig. Ich konnte mir mich als Ehefrau oder gar als Mutter auch überhaupt nicht vorstellen. Ich hatte jahrelang versucht, mir eine solche Zukunft für mich auszumalen. Und obwohl ich in der Lage war, komplexe Fantasiewelten für meine Leserinnen zu erschaffen, für meine eigene Zukunft als Ehefrau und Mutter reichte meine Fantasie nicht aus. Es kam mir einfach zu absurd vor, denn selbst die fantasievollsten Geschichten benötigten eine realistische Basis. Dass ich noch einen Mann finden würde, der sein Leben mit mir teilen wollte, war dagegen absolut unrealistisch. Das hatten alle bisherigen Erfahrungen gezeigt. Bei mir hatte es nur zu einer Ehe mit Georg gereicht und das war nur pro forma gewesen. Schließlich hatten mir meine Eltern auch immer klargemacht, dass ich nicht ihren Vorstellungen entsprach. Doch wenn Mann und Kinderchen nicht als Lebensziele infrage kamen, was dann? Der Gedanke beschäftigte mich so sehr, dass ich das Weinen völlig vergaß.

Ich weiß nicht, wie lange ich über meine hoffnungslose Zukunft sinniert hatte, als das Telefon klingelte. Ich zuckte zusammen und hob vorsichtig den Hörer ab. »Ja?«

»Entschuldigen Sie, Madame. Ich möchte Sie davon in Kenntnis setzen, dass das Abendessen in einer Stunde serviert wird. Ich soll Ihnen ausrichten, dass angemessene Garderobe gewünscht wird.«

Ich starrte den Hörer an. Dann klackte es und die Leitung war tot. Ich legte den Hörer zurück und versuchte, meine Gedanken zu sortieren. Die erwarteten tatsächlich, dass ich mich irgendwie nett anzog und strahlend zum Abendessen erscheinen würde. Das war irre. Doch wenn ich je herausbekommen wollte, was ich in meinem Leben noch erreichen wollte, dann blieb mir wohl nichts anderes übrig. Ich erhob mich ächzend vom Bett, rieb mir die verheulten Augen, atmete tief ein und betrat den Kleiderschrank. Wann hatte ich zuletzt ein Kleid getragen? Kleider waren etwas für schlanke, schöne Frauen. Für mich waren eher Hänger und weite Shirts geeignet. Doch gab es davon nichts in diesem Sortiment. Ich entschied mich letztlich für ein Kleid, das nicht all zu eng aussah und legte es auf das Bett. Dann ging ich in das Bad, das größer zu sein schien als meine ganze Wohnung. Natürlich war auch das Bad mit allem ausgestattet, was ich benötigte. Ich fragte mich, woher sie wohl meine bevorzugten Marken kannten. Die Antwort wollte ich mir lieber nicht vorstellen.

Als ich mich frisch gemacht und das Kleid übergezogen hatte, sah ich mich im Spiegel an und erstarrte. Verdammt, dieses Kleid stand mir. Okay, es war etwas sehr verspielt. Überhaupt nicht der eher schlichte Stil, den ich sonst pflegte. Nur passten meine lose herunterhängenden Haare irgendwie nicht zu Abigail, und ich entschloss mich, sie hochzustecken. Wann hatte ich das zuletzt gemacht? Mit vierzehn? Irgendwie kriegte ich es aber hin, und der erneute Blick in den Spiegel zeigte, dass es mir ganz gut gelungen war.

Komplettiert mit den passenden Schuhen, Strümpfen und sogar mit einer farblich abgestimmten Handtasche bestückt stand ich bereit und wartete darauf, dass die

Gefängnistür geöffnet wurde. Ich verspürte tatsächlich so etwas wie gespannte Vorfreude, als es zaghaft klopfte und eine Männerstimme fragte, ob ich soweit sei. Mich hätte nicht überrascht, wenn der smarte Lord Huddleston aus meinem Roman vor der Tür stünde und mich in Empfang nähme.

III

Der Sohn des Hauses stand vor mir und lächelte mich an. In seinem auf Maß gearbeiteten Anzug sah er erschreckend gut aus. Er setzte ein Lächeln auf, das seine Augen noch mehr zum Leuchten brachte, und ich konnte mich nicht davon lösen. Es war, als ob mich ein geheimnisvoller Energiestrahl in seinen Bann gezogen hätte. Sascha hielt mir seinen Arm hin. Ich hakte mich wie ferngelenkt ein und schritt neben ihm, ohne das Gefühl zu haben, irgendetwas aktiv dafür zu tun.

»Die ganze Familie ist bereits sehr gespannt und freut sich, dass Sie sich bereiterklärt haben, die Hochzeit meiner Schwester zu beehren.«

Ich sah zu ihm auf, während wir weiter den Flur entlang schritten. Mein Gehirn übernahm langsam wieder die Initiative und formte eigene Gedanken. Ich stoppte, und mein Begleiter sah mich irritiert an. »Haben Sie etwas vergessen?«

»Was haben Sie gerade gesagt?«, purzelte es aus mir heraus.

»Ich meinte, ob Sie etwas vergessen haben.«

»Nein, nicht das. Davor.«

»Das sich alle freuen, dass Sie hier sind?«

Ich schüttelte den Kopf und löste mich von seinem Arm. »Nein, Sie sagten, Sie freuten sich, dass ich mich bereiterklärt hätte.«

Er nickte. »Ja, ist doch das Gleiche.«
»Oh, nein.« Ich hob beschwörend die Hände. »Das ist ganz und gar nicht das Gleiche. Ich bin zwar hier, aber ich habe mich mitnichten dazu bereit erklärt.«
»Wie meinen Sie das?«
»Jetzt stellen Sie sich nicht so dumm. Sie wissen genau, was ich meine.«
»Ach das. Sie sollten die Umstände nicht überbewerten. Es wird Ihnen hier gefallen« Er verzog die Mundwinkel zu einem entschuldigenden Lächeln, was an ihm sehr überzeugend wirkte. Ich musste kurz die Augen schließen und den Kopf schütteln, um meine Gedanken auf das Wesentliche zu fokussieren.
»Ich soll die Umstände vergessen, meinen Sie? Haben Sie sie noch alle? Sie und dieser Profikiller Dimitrij haben mich entführt!« Ich verschränkte die Arme vor die Brust. Ich wollte sehen, was er dazu sagen würde.
»Es mag ja auf Sie so gewirkt haben …« Ich blitzte ihn an.
»Wie bitte? Ich saß da unten neben dem Weinkeller in einem Verlies. Gefesselt an einem Stuhl, und Dimitrij drohte mir mit einem riesigen Messer.«
Nun schüttelte er den Kopf. »Ich kann Ihnen versichern, Mitja würde keiner Fliege was zuleide tun. Er ist schon seit Ewigkeiten unser Fahrer und Mädchen für alles.«
»Pah, Mädchen für alles. Das kann ich mir vorstellen.

Ich weiß genau, was Ihre Familie so tut.«
Nun war es an Sascha, böse zu gucken. »Ach ja, woher wollen Sie das denn wissen?«
»Ich lese Zeitungen.«
Er machte eine abfällige Handbewegung. »Sie sollten nicht alles glauben, was in der Zeitung steht.«
»Jetzt kommen Sie mir nicht mit Lügenpresse. Das mag in Ihrem Land so sein. Bei uns gibt es noch seriöse Blätter.«
Mittlerweile war mir Plan B egal. Ich wurde gegen meinen Willen festgehalten, und das verlangte nach Protest und zivilem Ungehorsam. Ich richtete mich so hoch auf, wie es nur ging, und sandte meinem Gegenüber den vernichtendsten Blick, den ich zustandebringen konnte. Es schien zu wirken. Er lächelte sanft. »Frau Madison, die Umstände Ihres Erscheinens tun mir sehr leid. Aber es liegt an Ihnen, es sich angenehm zu gestalten. Glauben Sie mir, es freuen sich wirklich alle sehr, dass Sie hier sind. Genießen Sie doch einfach den Aufenthalt.«
»Sie können mich mal!« Ich drehte mich um und schritt erhobenen Hauptes zurück in mein Zimmer. »Sie können wieder abschließen«, forderte ich ihn auf und schlug die Tür vor ihm zu. Er öffnete sie wieder und lugte herein. »Frau Madison, bitte überlegen Sie es sich noch einmal.«

Ich drehte mich um und trat gegen die Tür. Fast wäre sein Kopf eingeklemmt worden, aber er konnte ihn noch schnell zurückziehen. »Wenn Sie es so wollen«, hörte ich ihn noch sagen, und dann drehte sich der Schlüssel im Schloss.

Ich stand in meinem Zimmer und atmete heftig. Im Spiegel erblickte ich mich in dem Kleid und mit den hochgesteckten Haaren. Ich schleuderte die Handtasche und die Schuhe gegen die Wand. Hastig riss ich mir die Klammern aus dem Haar und ließ es herunterfallen. Dann zog ich mir das Kleid über den Kopf, so dass es ein Geräusch von reißenden Nähten gab und schmiss es zu den Schuhen. Plan B war grandios gescheitert. Wahrscheinlich war mein Leben gescheitert. Einfach alles. Ich ließ mich auf das Bett fallen und schluchzte so heftig, wie ich nur konnte.

Es war dunkel, als ich die Augen wieder öffnete. Ich rieb die Tränenreste aus den Augenwinkeln und drehte mich auf den Rücken. Ich starrte an die Decke und beobachtete, wie sich das schwache Mondlicht im Kristall des Kronleuchters spiegelte. Ein lautes Knurren erinnerte mich daran, dass ich seit Ewigkeiten nicht gegessen hatte. »Mist«, schimpfte ich. »Du hättest doch zum Abendessen gehen sollen.« Aber dann wurde mir bewusst, dass ich über kurz oder lang sowieso von Dimitrij um die Ecke gebracht würde. Warum sollte ich dann noch essen? Vielleicht wäre ich ja dann wenigstens im Tod mal schlank. Bilder kamen mir in den Sinn, wie meine Eltern an meinem Sarg stünden und meine Mutter meinen Vater anstupsen würde. »Bernd«, würde sie sagen. »Sieh mal, sie hat endlich abgenommen.« Mein Vater würde sich dann kurz zu meiner Leiche drehen und erwidern: »Aber ein paar Kilo hätte sie noch schaffen können.«

Dumm nur, dass der Hunger mich daran hinderte, einfach einzuschlafen und den Dingen seinen Lauf zu lassen. Ich erhob mich vom Bett und schaltete das Licht an. Eine Kommode schmückte die Seite, an der sich auch der begehbare Kleiderschrank befand. Ich öffnete die verschiedenen Schubladen und Türen in der Hoffnung, irgendetwas Interessantes zu entdecken. Aber es war alles einfach nur leer. Auch sonst war nichts zu finden, was mir mein tristes Ende hätte aufpeppen können. Ich durchwühlte die Utensilien im Bad. Es war alles da, um sich umfassend zu reinigen und zu stylen. Wäre ich MacGyver hätte ich womöglich aus all dem Krempel ein geschicktes Fluchtwerkzeug basteln können. Aber Amanda Schneider war auch dazu nicht fähig. Frustriert ließ ich mich wieder auf das Bett fallen, um gleich darauf festzustellen, dass ich nur meine Unterwäsche trug und das Bett nicht einmal ordentlich aufgedeckt hatte. Ich stand wieder auf und ging in den

Kleiderschrank. Tatsächlich fand ich auch eine Auswahl an Nachthemden und ebenso eine ganze Sammlung himmlischer Dessous. Wow, die teuersten Marken waren vorhanden, und ich musste mich kurz schütteln und mir in Erinnerung rufen, dass ich eine Gefangene war. Ich schmiss alles zurück, griff das unscheinbarste Nachthemd, das ich finden konnte, und stapfte ins Bad.

Es klingelte. Immer wieder. Ich versuchte, das Geräusch einzuordnen, aber es klang überhaupt nicht wie mein Wecker oder sonst irgendetwas, das mir bekannt vorkam. Ich musste die Augen öffnen, um die Quelle dieses nervigen Geräuschs näher zu sondieren. Das hätte ich nicht tun sollen. Mit einem Schlag fiel mir wieder ein, wo ich war und unter welchen Umständen. Dabei hatte ich mich so schön weggeträumt. Nun ergab auch das Klingeln einen Sinn. Das magische Telefon war der Urheber des Geräuschs. Ich überlegte, ob ich den Hörer abheben oder einfach in den vollständigen Streik treten sollte. Allerdings verspürte ich sehr deutlich, dass es meinen Magen nach Essbarem gelüstete. Der Gedanke an ein Frühstück ließ mich automatisch zum Hörer greifen. Es meldete sich wieder die bekannte Männerstimme. »Guten Morgen, Madame. Ich soll Sie davon in Kenntnis setzen, dass der Frühstückstisch bereitsteht und man Sie in dreißig Minuten abholen wird.«

»Hören Sie mal. Sagen Sie Ihrem Chef, er kann mich mal. Bringen Sie mir mein Frühstück gefälligst …« Es machte nur klack, und die Leitung war tot. Ich schmiss den Hörer auf die Gabel. Wenn die dachten, ich würde jetzt einfach bereitstehen und machen, was sie von mir wollten, dann hatten sie sich geschnitten. Wütend zog ich mir die Decke über den Kopf und drehte mich zur Seite. Ich würde schlank sterben. Punkt.

Es dauerte nicht lange, und mein Magen machte mir eindringlich klar, dass dem Tod mit Traumfigur eine sehr qualvolle Zeit vorausgehen würde. Ich konnte mich noch nie gut selbst quälen. Nicht im Ballett, nicht in der Schule und hier auch nicht. Ich drehte mich auf den Rücken, verschränkte die Hände hinter den Kopf und starrte auf die Stuckverzierungen an der Deckenumrandung. Es war zu erwarten, dass ich die Qualen sowieso nicht aushalten würde. Es wäre also eine dumme Strategie, es darauf ankommen zu lassen. Viel besser wäre es, mich zu stärken und mir neue Möglichkeiten zur Flucht zu erarbeiten. Aber ich dürfte dabei nicht zu willfährig wirken. Meine Entführer sollten meinen Widerstand jederzeit zu spüren bekommen. Dies erschien mir ein viel besserer Weg, als hier zu sterben. Ich entschloss mich, aufzustehen und mich zum Frühstück abholen zu lassen. Nach ein oder zwei Tee und einem guten Frühstück würden mir schon hilfreiche Ideen kommen. Schließlich war ich Schriftstellerin. Morgendliche Ideen waren quasi meine Kernkompetenz.

Ich stieg aus dem Bett und ging ins Bad. Auf keinen Fall würde ich mich schminken. Es gab nur die grundlegende Morgentoilette. Dann zog ich mir die Klamotten an, in denen ich entführt worden war. Ihnen haftete immer noch der Duft von Verlies mit leichtem Weinaroma an. So würde ich ein stetes Mahnmal für meine Entführer sein.

Ich stand bereit, als sich der Schlüssel im Schloss drehte und sich die Tür öffnete. Hatte ich erwartet, dass mich wieder der Sohn des Haues abholen würde, wurde ich enttäuscht. Ich blickte in Dimitrijs mürrisches Gesicht. »Morgen, Dimitrij«, flötete ich übertrieben höflich und hoffte, er würde meinen Sarkasmus erkennen. Er sagte nur: »Mitkommen.« Ich trottete hinaus auf den Flur. Dimitrij nickte mit dem Kopf in die Richtung, in die ich gehen sollte, und ich setzte mich in Bewegung. Mal sehen, was mich erwartete.

Ich brauchte nicht lange zu warten. Ein blondes Etwas stürmte auf mich zu und fiel mir um den Hals, als Dimitrij und ich die Küche betraten. Ich hatte erwartet, die Familie würde gestylt und aufgetakelt an einer langen Tafel im Esssaal des Anwesens sitzen und wortlos an Croissants knabbern. Doch der recht imposante Speisesaal war verwaist, als Dimitrij und ich ihn durchquerten. Stattdessen gingen wir in die Küche, wo diese Frau sich an mich hängte. »Oh, Frau Madison, es ist so toll, dass Sie gekommen sind.« Sie drückte mich noch fester, und ich befürchtete, erdrückt zu werden. Vorsichtig versuchte ich, mich aus der Umklammerung zu lösen. Sie bemerkte meine Bemühungen und ließ von mir ab. »Oh, entschuldigen Sie«, stammelte sie. Ich konnte sie nun näher betrachten. Sie entsprach voll und ganz dem Klischee einer verwöhnten Millionärstochter, und daher vermutete ich, dass es sich um Vanessa handeln musste. Der Frau, der ich dieses Schlamassel zu verdanken hatte. Ich hasste sie sofort. Daher gönnte ich ihr auch lediglich einen kurzen, vernichtenden Blick, schob sie noch etwas weiter von mir weg und machte einen Schritt weiter in die Küche. Neben dem blonden Etwas, Dimitrij und mir befanden sich drei Männer in der Küche. Ein etwas unscheinbarer, junger Mann saß am Frühstückstisch und sah unsicher in meine Richtung. Er gehörte definitiv nicht zu der Familie. Vermutlich handelte es sich um den Bräutigam. Ein sehr distinguiert wirkender älterer Herr schenkte Kaffee nach. Das musste der Butler sein. Wahrscheinlich war es seine Stimme, die ich immer aus dem Telefon gehört hatte. Zu guter Letzt grinste mich Sascha an und zeigte auf einen

Stuhl ihm gegenüber. »Schön, dass Sie sich doch zu uns gesellen. Setzen Sie sich«, forderte er mich auf, und ich überlegte kurz, eine Kehrtwendung zu machen und mich wieder im Zimmer einzukerkern. Doch die Croissants sahen so köstlich aus und der Kaffeeduft, der mir um die Nase wehte, benebelte meine Sinne. Zudem gab mir Dimitrij einen leichten Schubs in Richtung des Tisches. Ich ging zum angebotenen Platz und setzte mich. Dimitrij verließ die Küche.

»Kaffee, Madame?« Der Butler tauchte neben mir auf und hielt mir die Kaffeekanne entgegen.

»Haben Sie auch schwarzen Tee?«

»Selbstverständlich, Madame. Welchen hätten Sie denn gerne?«

»Einen Assam vielleicht?«

»Selbstverständlich.« Der Butler wandte sich ab. Sascha hielt mir den Korb mit den goldbraunen Croissants entgegen. »Die müssen Sie probieren. Frisch gebacken.«

Wortlos griff ich eines der Gebäckstücke und legte es mir auf den Teller. Vanessa nahm auf der gegenüberliegenden Seite des Tisches Platz, gleich neben dem unscheinbaren jungen Mann. Nun fiel sie ihm um den Hals. »Das ist Paul. Mein Liebster«, sagte sie und drückte ihm einen Kuss auf die Wange. Paul lächelte gequält und ergänzte dies mit einem kurzen Nicken. Er tat mir jetzt schon leid. Womöglich war er, genau wie ich, gar nicht freiwillig hier. Sein Gesichtsausdruck ließ dies durchaus im Bereich des Möglichen erscheinen. Es würde ratsam sein, sich einmal in einem unbeobachteten Moment mit ihm auszutauschen.

»Frau Madison, Sie ahnen gar nicht, welche Freude Sie uns machen, dass Sie zu unserer Hochzeit gekommen sind. Nicht wahr, Schatz?« Vanessa tippte Paul an den Arm, und er reagierte prompt mit einem gehauchten Ja. Seine Braut quittierte dies mit einem weiteren Kuss auf die Wange, um dann gleich weiterzureden. »Mein Papa hat erzählt, wie schwierig es für Sie war, den Termin freizuschaufeln.«

Ich starrte sie mit großen Augen an. Sie wusste es nicht. Sie hatte keine Ahnung. Ich könnte Ihre Illusion mit ein paar Worten zerstören. Ich würde Sie womöglich völlig erschüttern. Gewiss wäre die Hochzeit dadurch gefährdet. Definitiv würde es ein Durcheinander geben, und dies könnte ich nutzen, um hier wegzukommen. Es war eine gute Entscheidung gewesen, zum Frühstück zu gehen. Ich spürte, wie die Macht in mir wuchs, und war mir sicher, dass ein diabolisches Grinsen auf meinem Gesicht erschien. Ich atmete ein und öffnete den Mund, um meine vernichtenden Worte abzuschießen.

»Butter?« Sascha hielt mir einen Teller mit sorgsam ausgestochenen Butterkügelchen entgegen. Sein Blick sandte eine deutliche Botschaft: Wenn du etwas sagst, bist du tot. Ich musste die bereits vorgeformten Worte zurückziehen und verschluckte mich. Ich musste husten. Der Butler stellte ein Kännchen mit Wasser und einem Teenetz vor mir ab, und ich pickte mit einem Gäbelchen eines der Butterkügelchen auf, um es auf den Teller vor mir abzulegen. »Danke«, murmelte ich, und Sascha setzte den Butterteller wieder ab. Ich sandte ihm einen Blick, der sagen sollte, dass ich verstanden hätte. Er lächelte. Ich zog das Teenetz aus dem Wasser, füllte etwas Tee in meine Tasse, träufelte ein paar Tropfen der Sahne hinein und nahm einen Schluck. Dann biss ich ein Stück vom Croissant ab. Mein Magen jubilierte, und ich musste dagegen ankämpfen, nicht glücklich aufzujauchzen. Es kostete mich große Anstrengung, meinen mürrischen Gesichtsausdruck zu bewahren, um weiterhin den inneren Protest auszudrücken. Es half mir, Pläne zu schmieden, während ich Butter auf mein Croissant schmierte und Stück für Stück abbiss. Ich beobachtete das Brautpaar und wie Vanessa mich beobachtete. Meine Strategie war klar. Ich musste auf die passende Gelegenheit warten, um diesem Theater ein Ende zu setzen.

IV

Die Tür zur Küche wurde schwungvoll geöffnet und eine Stimme erschallte, die einem das Blut in den Adern gefrieren ließ. »Guten Morgen, Kinderchen!« Ich wandte mich der Quelle dieses Sirenenklanges zu und erschrak ein zweites Mal. Eine extrem aufgedonnerte Dam kam in unsere Richtung geschwankt. Die Menge an Schmuck, die an ihr baumelte, hätte sicherlich genügt, um ein mittleres afrikanisches Land durch die Hungersnot zu bringen. Sie trug einen weißen Hosenanzug und Highheels, die niemals dafür gedacht gewesen sein konnten, sich darin fortzubewegen. Dennoch lief sie mehr oder weniger gerade auf mich zu. »Oh, das muss die berühmte Schriftstellerin sein.« Die Erscheinung blieb vor mir stehen und musterte mich von oben bis unten. »Ich habe Sie mir glanzvoller vorgestellt. Und schlanker.«

»Stephanie, sei nicht so unhöflich zu unserem Gast«, mischte sich Sascha ein. Er sprang auf und ging um den Tisch herum auf die Frau zu. Die stieß ihn mit einer Hand weg und drehte sich stattdessen zu Vanessa und Paul. »Ah, die Turteltäubchen sind auch da. Sind sie nicht süß?«, fragte sie, wieder zu mir gewandt. Ich konnte aber nicht antworten, denn Sascha packte diese aufgetakelte Fregatte und schob sie in Richtung Tür. Die öffnete sich und Dimitrij erschien. »Kannst du dich um

sie kümmern, Mitja?«, fragte der Sohn des Hauses. Das sogenannte Mädchen für alles nickte nur, packte die Frau und zog sie aus der Küche, begleitet von ohrenbetäubendem Geschimpfe. »Lass mich los, du abgefuckter Hurensohn«, klang es noch in die Küche, dann wurde es wieder ruhig. Alle schwiegen. Vanessa hatte Tränen in den Augen. »Weine nicht, mein Liebling«, wandte sich Paul ihr zu und zog sie zu sich. So saßen die beiden dort Arm in Arm mir gegenüber. Ich versuchte immer noch, meinen Mund wieder zu schließen, und dieses kurze Gewitter einzuordnen.
»Tut mir leid, dass Sie das mit ansehen mussten.« Sascha hatte sich wieder mir gegenüber an den Tisch gesetzt.
»Ihre Mutter?«, fragte ich.
»Stiefmutter. Die dritte Frau unseres Vaters.«
»Oh.« Ich fischte ein paar Croissantkrümel von meinem Teller. »Kommt denn Ihre richtige Mutter auch zur Hochzeit?«
Vanessa schluchzte hörbar auf, und Paul zog sie fester an sich. Sascha schüttelte den Kopf. »Nein, sie ist gestorben.«
»Oh, tut mir leid.« *Wahrscheinlich keines natürlichen Todes,* fügte ich innerlich hinzu und nahm meine Teetasse, um festzustellen, dass sie leer war. Ich suchte James' Blick. Er verstand sofort und begann, Teeutensi-

lien zusammenzustellen. Alle schwiegen und hingen ihren Gedanken nach. James stellte mir den Tee hin und ich führte das Teenetz ins Wasser. Ich hasste solche Pausen, in denen niemand etwas sagte. Konnte ich noch nie leiden.

»Wie sind denn die Planungen zur Hochzeit?«, versuchte ich, die Gedanken abzulenken. »Man hat mir noch gar nicht erzählt, wie der Ablauf ist.«

Vanessas Gesicht hellte sich auf, und sie löste sich aus Pauls Umarmung.

»Es gibt noch so viel zu tun«, begann sie und suchte Pauls bestätigenden Blick, den er ihr auch prompt schenkte. »Heute Abend gibt es eine kleine Gartenparty für die engsten Freunde und Verwandten. Morgen ist dann der große Tag.«

Zwei Tage, das war ja überschaubar. Vanessa fuhr fort: »Nachher muss ich mein Kleid abholen. Möchten Sie mich nicht begleiten?« Sie sah mich auffordernd an.

»Äh …« Würde man mich so einfach aus meinem Gefängnis entlassen? Ich suchte Saschas Blick, und der nickte unmerklich. Das wurde ja einfacher als gedacht. Ich lächelte Vanessa zu. »Ich komme sehr gerne mit.«

»Wie schön.« Sie stand auf und tippte Paul auf die Schulter. »Kommst du?« Er erhob sich sofort und beide verließen die Küche. Vanessa winkte mir noch kurz zu, als sie in der Tür stand. »Ich komme Sie dann abholen.«

Dann waren sie verschwunden und die Küche gehörte Sascha und mir. Und James, aber der war quasi unsichtbar.
»Ihre Schwester weiß nichts«, stellte ich fest.
Sascha nickte. »Ja, und das soll auch so bleiben.«
»Ich bin nachher mit Vanessa unterwegs.« Ich setzte ein geheimnisvolles Lächeln auf, aber das schien Sascha nicht sehr zu beeindrucken. Er lächelte zurück. »Denken Sie daran, wer sie fahren wird.«
Mist, das Mädchen für alles, der Profikiller des Hauses.
»Macht es Ihnen Spaß, so mit den Menschen zu spielen?«, schimpfte ich.
»Nein, aber ich tue alles für meine Schwester.«
»Pah, was würde Ihre Schwester denn tun, wenn Sie die Umstände meines Erscheinens kennen würde? Meinen Sie, sie wäre Ihnen dankbar?«
»Hören Sie, mir ist klar, dass Sie mich und meine Familie verachten. Dass Sie uns allesamt für Verbrecher halten. Aber das ist mir egal. Meine Schwester und ich, wir hatten immer nur uns beide. Mein Vater war nie da, unsere Mutter ist früh gestorben, und unsere Stiefmütter …« Er machte eine gedankenschwere Pause. »Sie haben es ja gesehen. Glauben Sie mir, wenn Sie meiner Schwester die Hochzeit verderben, werden Sie das bereuen. Haben wir uns verstanden?« Er hatte sich etwas aufgerichtet und sich über den Tisch in meine

Richtung gebeugt. Sein kantiges Gesicht schwebte direkt vor mir. Seine Augen blitzten heftig, und ich konnte die dunklen Bartstoppeln erkennen. Sein dunkelblondes Haar hatte er leicht gestylt, was seinen verwegenen Eindruck unterstrich. Er trug ein einfaches T-Shirt, unter dem ich die muskulöse Brust erkennen konnte. Ich wollte eine schnippische und möglichst vernichtende Antwort geben, aber mir fiel nichts ein. Ich konnte mich nicht von diesem Körper lösen. Verdammt, war das dieses Stockholm-Syndrom, bei dem man sich in seinen Entführer verguckt? Ich griff zu meiner Teetasse, um mich abzulenken und irgendwie aus dieser Situation herauszukommen. »Ist ja schon gut«, sagte ich und nippte am Tee. »Bringen Sie mich wieder auf mein …« Ich holte tief Luft. «… Zimmer, damit ich mich für Ihre Schwester fertig machen kann?«
Sascha sah mir tief in die Augen. Ich konnte dem Blick nicht lange standhalten und musste ausweichen. Er lächelte. »Wenn Sie mir versprechen, keinen Ärger zu machen, verzichte ich auf das Absperren der Tür, und Sie können sich frei im Haus bewegen.«
Ich sah wieder auf und in sein Gesicht. Dann hob ich die Finger zum Schwur. »Indianerehrenwort.«
Er ließ sich in seinen Stuhl fallen und verschränkte die Arme vor der Brust. »Okay. Dann können Sie gehen. Durch das Esszimmer und dann rechts. Sie werden es

schon finden.«

Zur Sicherheit musterte ich nochmal seinen Blick, ob er es wirklich ernst meinte. Es sah so aus. Ich trank meinen Tee aus und stand auf. Es fühlte sich an, als ob ich die ersten Schritte meines Lebens tun würde. Langsam ging ich zur Tür und drehte mich noch einmal zu ihm. Er saß immer noch regungslos am Tisch. Dann öffnete ich die Tür, ging hindurch und schloss sie hinter mir. Ich war frei. Na ja, zumindest ein bisschen. Ich ging durch das Esszimmer, dann nach rechts und überlegte, ob ich meine neugewonnene Freiheit nicht nutzen sollte, um ein wenig herumzuspionieren. Dann entschied ich mich aber, es erst einmal nicht gleich auszureizen. Es hieß, Vertrauen aufzubauen. Meine Chance zur Flucht würde schon kommen.

Als es an der Tür klopfte, stand ich bereit. Ich hatte mich entschlossen, mich umzuziehen. Es gab glücklicherweise in meiner Kleiderauswahl auch ein paar Jeans und dazu weite Blusen. Ich wirkte also nicht aufgetakelt, aber dennoch ordentlich gekleidet. Ich öffnete die Tür und Vanessa strahlte mich an. »Sind Sie soweit?«

Ich nickte.

»Schön. Dann los.« Sie schritt voran, und ich folgte ihr. Wir kamen wieder durch die Eingangshalle und verließen das Haus. Dimitrij stand vor einem Auto und

beobachtete uns. Als wir bei ihm angekommen waren, drehte ich mich um und betrachtete das Haus. Es wirkte von hier aus kleiner, als ich es von innen empfunden hatte. Es war wirklich kein Schloss. Man könnte es als herrschaftliche Villa bezeichnen. Dimitrij öffnete die hintere Tür am Wagen und sah mich an. »Danke«, flötete ich übertrieben höflich. Vanessa stieg auf der anderen Seite ein. Dimitrij nahm vor mir auf dem Fahrersitz Platz und ich betrachtete seinen ausrasierten Nacken. Dann startete er den Wagen und fuhr los.
»Es ist so schön, dass Sie mich begleiten. Es ist überhaupt toll, dass Sie gekommen sind.« Vanessa strahlte mich an und ich bemühte mich, ebenfalls ein Lächeln auf meinem Gesicht hinzukriegen. »Ich habe alle Ihre Bücher gelesen«, fuhr sie fort. »Niemand kennt sich so gut mit der Liebe aus wie Sie.«
Was sollte ich dazu sagen? Ich schwieg, doch Sie schien eine Antwort oder irgendeine Äußerung zu erwarten. »Hm.« Mehr ging nicht.
»Das hören Sie bestimmt ständig von Ihren Fans, nicht wahr?« Wieder erwartete Sie eine Antwort.
»Hm.«
»Ist es Ihnen unangenehm, wenn ich so etwas sage?« Sie sah irritiert und etwas enttäuscht aus. Aber enttäuschen durfte ich das von allen umsorgte Töchterchen und Schwesterchen nicht. Also musste ich mich zusammen-

reißen und tiefer in meine Rolle als nette Schriftstellerin eintauchen.
»Nein, nein«, stammelte ich. »Es ist eher ungewohnt. Ich komme nur selten mit Fans in Kontakt. Von Angesicht zu Angesicht, meine ich.«
»Ja, mein Vater hat schon erzählt, dass Sie sehr zurückgezogen leben und dass er Mühe hatte, Sie zu finden.« Sie stockte. »Auf Ihrer Webseite sehen Sie auch irgendwie anders aus.«
»Photoshop«, murmelte ich.
»Finde ich schade. In natura sehen Sie irgendwie nahbarer aus.« Sie machte eine Pause, um dann fortzufahren. »Ich hoffe, Ihr Mann hat nichts dagegen, dass Sie hier sind. Sie hätten ihn auch ruhig mitbringen können.«
»Ach, äh, er macht sich nichts aus solchen Sachen und musste sowieso arbeiten.«
»Sie wirken auf den Fotos so glücklich. So möchte ich mit Paul auch mal aussehen.«
Ich drehte mich zu ihr. »Ich finde, dass tun Sie schon.«
Sie lächelte dankbar. »Finden Sie? Ich liebe ihn auch wirklich. Er ist für mich da und sieht mich so, wie ich bin. Ist es nicht einzigartig, wenn es einen Menschen gibt, der einen einfach versteht? Ganz egal, was ich tue, ich weiß, er versteht mich. Bei Ihnen und Ihrem Mann ist es gewiss auch so, nicht wahr?«

Ich konnte nur nicken und die Lippen zusammenpressen.
»Es war nicht leicht für Paul, von meiner Familie angenommen zu werden, aber er hat das alles auf sich genommen. Für mich.« Sie seufzte.
»Kann ich mir denken, dass das nicht leicht war«, rutschte es mir heraus. Vanessa drehte sich zu mir und sah mich fragend an. Ich erschrak. »Ich meine, Ihr Vater und Ihr Bruder sind schon sehr bestimmend und kümmern sich rührend um Sie.«
»Ja, das tun sie schon, irgendwie. Aber sie würden mich am liebsten in eine Vitrine packen und ausstellen. Nur an mich herankommen dürfte niemand. Seit Mutters Tod fühlen sich beide für mich verantwortlich. Keinen Schritt haben sie mich alleine machen lassen. Wenn sich mir in der Schule mal ein Junge näherte, hat Sascha ihn gleich aufs Korn genommen.«
»Wie haben Sie dann Paul kennengelernt?«, hakte ich nach.
»Beim Shoppen.« Sie lachte auf. »Es war so romantisch.« Sie ließ sich in den Sitz fallen und drehte sich wieder zu mir. »Ich war mit Freundinnen im Shopping-Center. Und da stand er mit seinem Eiswagen. Er sah so süß aus mit seinem bunten Käppchen. Seine Augen wurden ganz groß, als ich zu ihm kam, um ein Eis zu bestellen. Stracciatella und Erdbeer. Seine Hand zitterte,

als er mir das Hörnchen reichte.« Sie gluckste auf. »Ich habe mich gleich in seine sanften Augen verliebt und ihn gefragt, wann er Feierabend hätte. Er war so herrlich schüchtern. Na ja, dann habe ich auf ihn gewartet.«

Ein Eisverkäufer, da werden Vater und Bruder aber glücklich gewesen sein. »Was haben denn Ihr Vater und Ihr Bruder dazu gesagt?«

Sie verzog das Gesicht. »Sie waren natürlich total dagegen. Aber ich habe ihnen klargemacht, dass ich ihn will oder sonst keinen. Da haben sie schließlich klein beigegeben.«

Was das Töchterchen will, das kriegt es auch, kam mir in den Sinn.

Während unseres Gesprächs versuchte ich, die Landschaft zu betrachten und herauszubekommen, wo ich war. Die Entführung war so schnell verlaufen, dass ich nichts mitbekommen hatte. Ich war aus dem Haus getreten, jemand hatte mir einen Sack über den Kopf gestülpt, und gerade, als ich erschrocken aufschreien wollte, war die Welt um mich herum versunken. Als ich aufgewacht war, hatte ich im Keller von Weinduft umhüllt einem Killer gegenüber gesessen. Ich hatte keine Ahnung, wie lange es gedauert hatte, bis ich in meinem Gefängnis angekommen war. Ich konnte überall sein. Zuerst hatte ich befürchtet, sie hätten mich tatsächlich irgendwo nach England transportiert, aber ich hatte mit Beruhigung festgestellt, dass das Auto Linkssteuerung und ein deutsches Nummernschild hatte. Die Gegend, durch die wir fuhren, kam mir bekannt vor. Es waren Weinberge zu sehen. Und einmal, als sich die Straße um einen Berg schlängelte, sah ich im Tal einen größeren Fluss und ein Städtchen. Die Straße führte uns in dieses Städtchen und das Ortsschild zeigte mir, dass meine Vermutung richtig war. Wir waren an der Mosel. Nicht weit von dem Ort entfernt, an dem ich Abigails Domizil positioniert hatte. Sollte Vanessa auf die Idee kommen, einfach mal zu mir fahren zu wollen, käme ich in ziemliche Schwierigkeiten. Doch dies war nicht mein dringendstes Problem. Ich musste sehen, ob es Chancen zur Flucht geben würde.

Der Wagen hielt in einer grob gepflasterten Seitengasse vor einem unscheinbar wirkenden Geschäft für Brautmode. Lediglich ein Fenster, hinter dem ein entzückendes, weißes Kleid ausgestellt war, vermittelte einen Eindruck davon, was man in diesem Geschäft bekommen konnte. Wir stiegen aus, und Vanessa ging voran. »Ich bin so gespannt, wie Ihnen mein Kleid gefallen wird«, sagte sie in meine Richtung, als sie die Tür zum Laden öffnete und das Bimmeln eines Glöckchens erklang. Dimitrij blieb am Wagen stehen und musterte mich ausdruckslos. Ich folgte Vanessa in das Lädchen.

Eine Frau erschien aus dem durch einen Vorhang abgetrennten hinteren Teil des Ladenlokals und steuerte mit einem Lächeln auf Vanessa zu. »Ach, Vanessa, schön, dass du so pünktlich erscheinst. Alles ist bereit für dich.« Vanessa und die Dame begrüßten sich mit Wangenküssen. Vanessa fasste die Frau an die Hand »Ich bin schon sehr gespannt, meine liebe Eva.« Sie drehte sich zu mir. »Darf ich dir die berühmte Schriftstellerin Abigail Madison vorstellen?« Die Frau löste sich von Vanessa und kam auf mich zu. Sie reichte mir die Hand. »Es ist mir eine Ehre, Sie in meinem kleinen Lädchen begrüßen zu dürfen.«

Ich nickte und ergriff ihre Hand. »Ein sehr schönes Geschäft haben Sie.«

Eva lächelte. »Es freut mich, dass es Ihnen gefällt. Wenn Sie mögen, zeige ich Ihnen einige Modelle, die Ihnen sicherlich wunderbar stehen werden.«

Vanessa schaltete sich ein. »Frau Madison ist bereits verheiratet. Da kannst du leider kein Geschäft mehr machen.«

»Wie schade«, erwiderte Eva lächelnd, und ich versuchte, ebenfalls ein Lächeln auf meinem Gesicht hinzubekommen.

»Sie können dort Platz nehmen«, forderte die Ladenbesitzerin mich auf. »Möchten Sie vielleicht einen Prosecco?« Ich nickte. »Kommt sofort«, bestätigte sie und wandte sich dann Vanessa zu. »Dann komm mal mit.«

Ich nippte an meinem Glas, als der Vorhang sich bewegte und zuerst Eva und dann Vanessa erschien. Ich erstarrte in meiner Bewegung und war gebannt von dem, was ich sah. Vanessa sah aus wie eine leibhaftige Prinzessin aus einem Disneyfilm. Sie stand dort in einen Traum von einem Kleid gehüllt und sah unsicher in meine Richtung, während ich sie nur mit offenem Mund anstarren konnte. »Und?«, fragte sie.

Ich riss mich von diesem umwerfenden Anblick los.

»Hm?«

»Wie sehe ich aus?«

Ich ließ meinen Blick noch einmal an ihr herunter und wieder heraufgleiten. »Sie sehen hinreißend aus. Einfach umwerfend.« Sie strahlte. »Kommt es Ihnen bekannt vor?«

Ich stellte mein Sektglas ab. »Was meinen Sie?«

»Das Kleid. Erkennen Sie es?«

»Äh …«

»Das Kleid von Adriana hat doch so ausgesehen, als sie Lord Huddleston geheiratet hat, nicht wahr?«

Ich starrte sie an. Dann musterte ich das Kleid. »Tatsächlich«, murmelte ich.

Wieder strahlte Vanessa. »Fantastisch«, jubelte sie.

Sollte ich ihr sagen, dass ich damals einfach durch das

Internet gesurft war, um Fotos von Hochzeitskleidern zu finden, und dann eines, das mir gefiel, beschrieben hatte? Es erschien mir zu profan bei dem Anblick dieser Schönheit.

»Frau Madison, kann ich Ihnen noch kurz zeigen, wie Sie die Schleppe hinten am Kleid befestigen können?«

Ich schrak auf.

Die Ladenbesitzerin lächelte mich an. »Sie müssen der Braut helfen, wenn es zum Tanz geht.«

»Oh, ja, natürlich.« Ich erhob mich und ging mit Eva um Vanessa herum. Die Ladenbesitzerin hob die Schleppe an und zeigte mir eingenähte Häkchen, an denen ich die Schleppe befestigen konnte, sodass sie Vanessa nicht so sehr an der Bewegung hinderte. Ich war überrascht, wie gut durchdacht alles war. Zumindest bei dem Kleid war dies der Fall. Bei der Hochzeit war ich nicht so sicher. Aus irgendeinem Grund mochte ich Vanessa, und es bereitete mir Unbehagen, dass sie sich eine Hochzeit aus einer Fantasiewelt erschuf. Aus meiner Fantasiewelt noch dazu. Ich fühlte mich plötzlich dafür verantwortlich, sie zu warnen. Denn ich wusste ja, dass es echte Liebe nicht gab.

V

Wir saßen wieder im Wagen und Dimitrij kutschierte uns zurück zur Villa. Ich hatte mir vorgenommen, mir den Weg zum Anwesen genauestens einzuprägen, aber meine Gedanken glitten ständig zu Vanessa und ihrer Märchenhochzeit. Alles in mir wollte sie packen, schütteln und ihr sagen: »Wach auf, Vanessa! Das ist nur ein Traum. Das reale Leben ist nicht märchenhaft. Männer sind es gewiss nicht. Wappne dich dafür.« Aber ich saß nur da und starrte auf Dimitrijs Stiernacken.

»Sie sind so still«, weckte mich Vanessa aus meinen Gedanken. »Hat Ihnen das Kleid doch nicht gefallen?«

Ich erschrak und drehte mich zu ihr. »Nein, nein, es ist ein wunderschönes Kleid, und es steht Ihnen hervorragend.«

»Aber irgendetwas beschäftigt Sie.«

»Ich denke über Sie und Paul nach.« Es war mir rausgerutscht und ich spürte, dass ich mich auf gefährliches Terrain begab.

»Ach ja? Und was denken Sie?«

»Ich frage mich, wie denn Ihre Pläne für die Zeit nach der Hochzeit aussehen.«

»Oh, dann fliegen wir in die Flitterwochen. Wussten Sie, dass Papa eine Insel in der Karibik besitzt? Dorthin fliegen wir und entspannen uns eine Woche von dem ganzen Hochzeitsstress. Anschließend reisen wir noch nach New York.«

Ich musterte sie. »Nein, ich meinte die Zeit danach. Wenn das normale Leben beginnt. Was macht Paul dann beruflich? Er wird doch nicht als Eisverkäufer weiterarbeiten, oder etwa doch?«

»Nein, nein, er studiert. Ägyptologie. Er kann sogar die alten Hieroglyphen lesen. Ist das nicht faszinierend?«

»Ja, sehr faszinierend. Kann man denn davon leben?«

»Er will dann in die Forschung, wenn er fertig ist. Papa kann ihm sicher dabei helfen, einen guten Job zu finden.«

»Hm, ach so.«

Vanessa runzelte die Stirn. »Ich weiß, was Sie denken.«

»Ja?«

»Ja, Sie denken, Paul heiratet mich nur wegen des Geldes meines Vaters. Aber das tut er nicht. Er liebt mich.« Sie verschränkte die Arme vor der Brust und musterte mich. *Da hat Paul aber einen riskanten Weg gewählt, wenn er ausgerechnet das verwöhnte Töchterchen eines Gangsterbosses heiraten will, um an Geld zu kommen,* schoss mir durch den Kopf. Aber vielleicht wusste er ja auch nichts von den Geschäften seines Schwiegervaters in spe, und als er es bemerkt hatte, war es zu spät. Ich war mir sicher, dass Paul nun keine Chance mehr hatte, aus der Sache rauszukommen. Heiraten oder sich irgendwo im Meer mit Beton an den Füßen wieder-

finden, das waren wahrscheinlich die Alternativen.
»Wie können Sie das nur denken?« Vanessas Stimme war schrill geworden und ich sah sie erschrocken an.
»Was meinen Sie?«
»Sie haben nichts geantwortet. Glauben Sie nicht, dass Paul mich liebt?«
»Ja, äh …«
Ihre Augen öffneten sich weiter und weiter. Dann wandte sie sich von mir ab und vergrub ihr Gesicht in ihren Händen. Ein lautes Schluchzen war zu vernehmen. »Wenigstens Sie müssen mir glauben«, war zwischen den Schluchzern zu vernehmen. Dimitrij gab durch eine kurze Kopfbewegung zu Vanessa zu verstehen, dass er alles genau mitbekommen hatte. Ich hatte das Gefühl, dass ich mich ganz schön in Schwierigkeiten brachte. Papas Töchterchen unglücklich zu machen, erschien mir keine gute Sache zu sein. Es könnte sich zu einer tödlichen Angelegenheit entwickeln. Es wäre besser, wenn es mir gelingen würde, sie wieder zu beruhigen. Ich rückte etwas an Vanessa heran und legte meinen Arm um sie. »Natürlich liebt Paul Sie. Es kann gar nicht anders sein.«
»Das sagen Sie jetzt nur, um mich zu beruhigen.«
Natürlich, du dummes Schaf. Und um keine Betonschuhe verpasst zu kriegen. »Nein, das sage ich, weil ich es weiß. Hey, ich bin Abigail Madison. Ich kenne mich mit der

Liebe aus.«
Vanessas Schluchzen ebbte ab. Die Mascara hatte dicke schwarze Ränder um ihre Augen hinterlassen, die von schwarzen Tropfspuren über die Wange ergänzt wurden. »Haben Sie ein Papiertaschentuch in der Tasche«, fragte ich. Sie nickte und schob mir ihre Handtasche zu. Ich öffnete sie und kramte nach den Taschentüchern. Plötzlich hatte ich ihr Smartphone in der Hand. Ich drückte es an den Rand der Tasche, wo ich es griffbereit hielt, und kramte weiter zwischen Haarbürste, Deo, mehreren Lippenstiften und Tampons nach den Taschentüchern. Schließlich fand ich eine zusammengedrückte Packung. Ich holte sie hervor, pulte ein Taschentuch heraus und reichte es ihr. Sie begann, die schwarzen Spuren ihrer Tränenarie wegzuwischen. Die Tasche hielt ich fest auf meinen Schoß und das Smartphone hatte ich mit einem Finger gesichert. Ich musste irgendwie eine Gelegenheit finden, eine Nachricht abzusetzen. Hoffentlich war es nicht gesperrt, dann wäre jede Mühe vergeblich.
»So gut?« Sie sah mich an, und ich nickte.
»Alle zweifeln daran, dass Paul mich wirklich liebt«, begann sie wieder, und ich sah meine Chance. Würde ich sie wieder zum Weinen bringen, hätte ich vielleicht die Gelegenheit, eine Nachricht abzusenden. »Das dürfen Sie niemandem verübeln. Es gibt tausende sol-

cher Geschichten, und die Fälle von wahrer Liebe sind absolut in der Minderheit. Falls es sie überhaupt gibt.«

»Aber es gibt sie, nicht wahr?« Sie sah mich unsicher an und schniefte leise.

»Na ja ...«

Ihr Augen weiteten sich. »Was heißt das? Sie wissen es doch. Alle Ihre Geschichten handeln davon. Und Sie und Ihr Mann erleben das doch auch, nicht wahr?«

»Also, es sind Geschichten. Die denke ich mir nur aus.«

Ihr Blick fixierte mich, aber Tränen waren noch nicht zu sehen. Ich musste härter zuschlagen. »Ich will ehrlich zu Ihnen sein, weil ich Sie mag. Es gibt keine wahre Liebe, glauben Sie mir.« Tiefschlag in die Magengegend. Er zeigte Wirkung und ihre Augen zuckten etwas. Aber sie kämpfte noch dagegen an. »Das sagen Sie jetzt nur so. Ist nur Spaß. Ich weiß, dass es bei Paul und mir anders ist.«

»Woher wollen Sie das denn wissen? Wie lange kennen Sie sich?«

»Sechs Monate, und ich weiß es eben.«

Nein, Trotz war jetzt nicht hilfreich. *Heulen sollst du, heulen!* »Sie bilden sich das nur ein. Kaum dass Sie verheiratet sind, wird er Ihr Geld verzocken und sich eine Geliebte zulegen.« Dieser linke Haken zeigte Wirkung. Das Zucken wurde heftiger. »Warum sind Sie so gemein?« Sie drehte sich von mir ab, hob die Hände erneut vor das Gesicht und schluchzte laut auf. Dimitrij drehte sich zu ihr und suchte im Rückspiegel meinen Blick. Ich versuchte, entschuldigend auszusehen, während meine Hände das Smartphone ergriffen und über das Display wischten. Hurra, es war nicht gesichert. Ein Streichen genügte, und es stand mir mit allen Funktionen zur Verfügung. Begleitet von Vanessas Schluchzen überlegte ich, was ich tun sollte. Konnte man eine SMS an den Notruf senden? Telefonieren verbot sich aufgrund der Umstände. Ich war mir nicht sicher und hatte schließlich nur einen Versuch. Die einzige Mobilnummer, die ich auswendig wusste, war die von Georg. Ich tippte sie ein und schrieb die Nachricht beginnend mit dem Wort Hilfe in Großbuchstaben, gefolgt von »ich bin entführt worden« und dem Ort. Vanessas Weinen wurde leiser und ich beobachtete im Augenwinkel, ob sie wieder zu mir sah. Das Smartphone bestätigte den Versand der Nachricht. Ich löschte sie und holte die Papiertaschentücher hervor. »Es tut mir leid, ich wollte Sie nicht verletzen«, wandte ich mich an das heulende Elend neben mir und hielt Vanessa ein Papiertaschentuch hin. Sie riss es mir aus der Hand und schnäuzte lauthals hinein. »Sie sind so gemein«, fauchte sie.

»Oh, das tut mir leid. Wissen Sie, mit der Zeit wird man von der Realität abgestumpft. Ich mache gerade eine schwere Zeit durch und bin vielleicht nicht richtig bei mir.« Irgendwie musste ich die Braut wieder beruhigen und Geschichten erzählen konnte ich schließlich gut. Sie sah mich mit roten Augen an. Von ihrem Make-up waren nur noch wenige Reste übrig. Nun tat sie mir wirklich leid. Was war ich bloß für eine gemeine Hexe. Sie wischte sich noch einmal über die Nase und betrachtete das Taschentuch. »Was ist denn los?«, fragte sie leise. »Ist etwas mit Ihrem Mann?«

So etwas nannte man Steilvorlage. Ich nahm sie gerne an und nickte schwach.

»Oh«, sagte Vanessa. »Hat er eine andere?«

Wieder nickte ich. Dann schoss mir die Frage durch den Kopf, warum sie nicht etwas anderes vermutete. Ich könnte auch eine schwere Krankheit haben oder von einem Gangsterboss entführt worden sein. Warum vermutete sie automatisch, dass mich mein imaginärer Mann betrügen würde? »Wie sind Sie darauf gekommen?«, hakte ich vorsichtig nach.

Vanessa richtete sich etwas auf und sah mich mitleidig an. »Seien Sie mir nicht böse, aber Sie haben sich schon ganz schön gehen lassen.«

»Wie meinen Sie das?«

»Ich will ehrlich sein. Ich war auch etwas erschrocken, als ich Sie zuerst sah. Sie haben ganz schön zugenommen. Wenn man ihr Bild im Internet sieht und dann Sie hier, dann ist man schon bestürzt.«

»Bestürzt? Wegen mir?«

»Meine liebe Abigail, ich darf doch Abigail sagen, oder?« Ich nickte verstört und nun holte sie ihrerseits zum Tiefschlag aus. »Seien wir ehrlich, Ihr Anblick schreckt jeden Mann eher ab. Sie müssen sich mehr zusammenreißen.«

Mein Mund stand offen, und ich wusste nicht, was ich sagen sollte. Sie anscheinend schon. »Wenn Sie mögen, helfe ich Ihnen. Ich zeige Ihnen, wie Sie sich in Form bringen und begehrenswert machen. Sie werden sehen, Ihr Mann wird seine Geliebte in den Wind schießen.« Sie strahlte über das tränenverschmierte Gesicht, und ich musste heftig schlucken. Sie hatte es gut gemeint, aber unbewusst meine empfindlichste Stelle getroffen. Ich wusste schon immer, dass mich nie jemand würde lieben können. Der Stich bohrte sich von unten durch meine Eingeweide und in mein Herz. Die Tränen schossen nur so aus mir heraus.

Der Wagen hielt vor dem Tor zur Villa, das sich langsam öffnete. Ich war fast froh, wieder in meinem Gefängnis angekommen zu sein, und wischte mir hastig die Tränen aus dem Gesicht. Vanessa lächelte mich aufmunternd an, und nun war sie es, die mir ein Papiertaschentuch hinhielt, das ich dankbar annahm. Dann stiegen wir aus. Ich wollte Vanessa ins Haus folgen, doch

ich spürte Dimitrijs Pranke auf meiner Schulter.
»Kommen Sie?«, forderte mich Vanessa auf. Ich musterte die Hand auf meiner Schulter und dann Dimitrijs unerbittlichen Blick. »Äh, ich muss noch etwas mit Dimitrij besprechen.«
»Mit Mitja?« Sie sah verwundert von mir zu ihm und zurück. »Nur kurz«, brummte Dimitrij.
»Wirklich? Na gut, aber mach es kurz. Wir haben noch viel zu tun.« Sie sandte mir ein weiteres Lächeln und wandte sich wieder an unseren Bewacher. »Bringst du anschließend das Kleid rein, Mitja?«
Dimitrij nickte und Vanessa ging ins Haus.
»Mitkommen«, sagte der Killer zu mir und schob mich an der Haupttreppe vorbei zu einem Nebeneingang. Es ging durch eine Art Speisekammer, durch die Küche an einem verdutzten James vorbei ins Esszimmer und dann in ein Büro, in dem Boris Kolesnikow hinter einem großen, verschnörkelten Schreibtisch saß und aufblickte, als ich hineingeschoben wurde. »Was ist los?«, fragte er Dimitrij. Der ging zum Schreibtisch, beugte sich zum Boss und flüsterte ihm etwas ins Ohr, während ich an der Tür stand und den Raum betrachtete. Ein Ölgemälde mit einem Porträt eines Herrn aus einer früheren Epoche schmückte die Wand. Dem Gesicht nach zu urteilen, war er nicht mit Boris verwandt. Dies hier war der Sitz einer ganz anderen Familie. Ich hoffte, Boris

Kolesnikow hatte die Villa regulär erworben.
»Sie haben Vanessa zum Weinen gebracht?«
»Also, äh …«
»Hören Sie gut zu. Ich sage es nur einmal.«
Ich schluckte. Der Boss erhob sich aus seinem Stuhl und kam um den Schreibtisch herum auf mich zu. Er blieb nur einige Zentimeter vor mir stehen, und ich spürte den Hauch seines Atems. Er roch nach Zigarette. Der Boss rauchte wohl heimlich. Ob plötzlicher Lungenkrebs möglich war? Es wäre eine Erlösung gewesen. Für mich, nicht für ihn.
»Sie sind einzig und alleine hier, um meine Tochter glücklich zu machen«, setzte der völlig gesund wirkende Gangsterboss an. »Sie sollten sehr darauf bedacht sein, diese Aufgabe zu erfüllen. Andernfalls …« Er drehte sich um und ging in Richtung Schreibtisch. Als er ihn erreicht hatte, wandte er sich wieder zu mir. »Ich denke, Sie wissen, was andernfalls geschehen wird.«
Ich konnte nicht reagieren und stand nur starr dort. Dimitrij kam auf mich zu, und ich musterte jede seiner Bewegungen. Er packte mich wieder an der Schulter, schob mich aus dem Büro und ließ von mir ab. Ich sah ihn fragend an. »Gleich ist Mittagessen«, sagte er nur und winkte in Richtung des Speisesaals. Als ich mich immer noch nicht wegbewegte, hängte er ein »Geh schon!« an. Ich trottete langsam zum Esszimmer. Dort

war aber noch niemand, also ging ich in mein Zimmer und ließ mich auf das Bett fallen. Ich musste von nun an aufpassen, was ich Vanessa gegenüber sagte, wenn ich lebend hier herauskommen wollte. Ich hoffte innigst, dass sich das Risiko gelohnt und Georg meine Nachricht schon bekommen hatte. Vielleicht war er mit der Polizei bereits unterwegs hierher. Wenn alles gut ging, sollte ich nicht mehr lange durchhalten müssen.

Es klopfte an der Tür. »Kommen Sie zum Lunch?« Die Stimme des Sohns des Hauses klang zu mir durch. Ich erhob mich vom Bett und ging zur Tür. »Kommen Sie?«, wiederholte er, als ich die Tür geöffnet hatte.
»Klar, was soll ich sonst tun?« Ich konnte einen schnippischen Unterton nicht verhindern. Um mich versöhnlich zu zeigen, machte ich ein bisschen Konversation. »Was halten Sie denn von der Hochzeit Ihrer Schwester? Paul scheint mir ein netter Kerl zu sein.«
Der Sohn des Hauses zuckte mit der Schulter.
»Das ist alles?«, hakte ich nach.
»Was meine Schwester möchte …«
»Ja, ja, das weiß ich zur Genüge«, fiel ich ihm ins Wort. »Aber Sie werden doch eine Meinung haben.«
Er blieb stehen und sah mich an. »Was wollen Sie?«
»Warum gleich so biestig? Ich habe nur Smalltalk gemacht.«
»Smalltalk? Sie wollen gar nicht Unfrieden stiften und

meiner Schwester die Hochzeit versauen?«
»Nein, wie kommen Sie denn darauf?« Ich setzte alles daran, unschuldig zu gucken.
»Ich habe gehört, dass Sie Vanessa zum Weinen gebracht haben.«
»Herrgott, das war doch keine Absicht. Man wird doch eine erwachsene Frau mal nach dem Ernst des Lebens fragen dürfen.«
Er sah mich stumm an. Dann lachte er laut auf. »Meine Schwester und der Ernst des Lebens. Das ist ein guter Witz.«
»Sie wird wohl ziemlich verhätschelt«, hakte ich vorsichtig nach und rechnete damit, gleich wieder einen auf den Deckel zu kriegen. Doch Sascha nickte nur und verzog das Gesicht. »Das können Sie wohl laut sagen.«
»Sagt ihr denn nie jemand, dass sie in einer Traumwelt lebt?«
»Wie meinen Sie das?«
»Na, das alles hier.« Ich wedelte mit der Hand herum. »Diese Villa, das Kleid, das ist alles nur meiner Fantasie entsprungen, und sie nimmt das für bare Münze. Selbst ich bin nicht echt. Und dann dieses Geschwafel über Liebe. Sagt ihr denn nie mal jemand, dass das alles Blödsinn ist?« Ich hatte mich ein wenig in Rage geredet.
»Sie ist eben ein großer Fan. Glauben Sie denn nicht an Ihre Geschichten?«

»Das ist doch Quatsch. Darum geht es gar nicht. Das sind allesamt erdachte Geschichten, um die Leserinnen zu begeistern und dazu zu bekommen, immer schön meine Bücher zu kaufen. Das hat mit der realen Welt rein gar nichts zu tun. Was meinen Sie, warum ich Abigail Madison erschaffen habe? Um dieses Trugbild komplett zu machen. Sie scheinen mir doch ein intelligenter Mann zu sein. Wie können Sie das das ganze Theater hier mitmachen?«

Mein Gegenüber runzelte die Stirn. »Sie sind aber eine ganz schöne Heuchlerin.«

»Das müssen Sie gerade sagen. Machen hier einen auf höflich, dabei haben Sie mich kaltblütig entführt. Ich bereite meinen Leserinnen wenigstens schöne Stunden.«

»Wir bereiten meiner Schwester eine schöne Hochzeit, Frau Madison. Das ist nichts anderes.«

»Nennen Sie mich verdammt nochmal nicht Frau Madison. Ich bin nicht Abigail Madison. Abigail Madison gibt es nicht.« Sascha machte einen Schritt auf mich zu und sah mir direkt in die Augen. »Jetzt hören Sie mir gut zu: Hier im Haus sind Sie Abigail Madison, ist das klar?«

Aber ich hatte mich in Schwung geredet und war nicht gewillt, gleich wieder klein beizugeben. »Haben Sie sich mal die Webseite von Abigail Madison angesehen? Sie sieht völlig anders aus als ich. So blöd kann doch keiner

sein und mich mit ihr verwechseln.«
»Die meisten Berühmtheiten sehen in natura anders aus als auf den Fotos in den Medien. Alles gephotoshopt«, stellte Sascha lakonisch fest. »Abigail Madison ist eben mittlerweile etwas fülliger geworden. Kommt vor und macht sie menschlich. Jetzt kommen Sie. Man wartet beim Essen auf uns.« Er drehte sich zum Gehen. »Arschloch«, rutschte mir raus und ich erschrak. Sascha lachte.

VI

Die gesamte Familie saß bereits um den Tisch verteilt, als Sascha und ich den Speisesaal betraten. Boris thronte am Kopfende und seine Frau saß zu seiner Linken. Vanessa und Paul an seiner rechten Seite. Sascha zog einen Stuhl vom Tisch und ich setzte mich. Dann setzte er sich zwischen mich und seine Stiefmutter. Keiner sagte einen Ton. Ich lächelte vorsichtig und erntete nur kurze Blicke als Reaktion. Eine Frau kam mit einem Wägelchen hereingerollt, auf dem eine Suppenschüssel und Teller aufgebaut waren. Sie füllte jeweils eine Kelle der Suppe in die Teller und stellte diese vor uns hin. Keiner begann, die Suppe zu essen. Ich fragte mich, ob auch Gangsterfamilien ein Tischgebet sprächen. Dann nahm Boris seine Serviette, schlug sie in der Luft auf und legte sie sich auf den Schoß. Dies war das Signal für alle anderen, es ihm gleichzutun. Ich schloss mich an und begann, wortlos meine Suppe zu löffeln.

Das Essen schmeckte köstlich. Als Dessert wurde eine herrliche Schokoladenmousse gereicht, und ich lehnte mich zufrieden zurück, als ich sie verspeist hatte. Als die Frau meinen Teller abräumte, sandte ich ihr ein dankbares Lächeln, das sie regungslos entgegennahm. Sie stapelte die leeren Teller auf ihrem Wägelchen und postierte sich neben Boris. »Wer möchte noch einen Kaffee?«, sprach der Chef die ersten Worte des gesamten Mittagessens. »Oh ja, ein Espresso wäre toll«, sprudelte aus mir hervor, und alle sahen in meine Richtung. Ich war verunsichert. Hatte ich einen Fehler gemacht? Dann lächelte Sascha. »Hat es Ihnen geschmeckt?« Ohne eine Antwort abzuwarten, wandte er sich der Bediensteten zu. »Ich schließe mich an. Ich hätte auch gerne einen Espresso.«

Dies war das Signal für Vanessa, nun sprechen zu dürfen. Sie kostete die Möglichkeit voll aus und redete auf ihren Vater ein. Thema war die abendliche Gartenparty und deren Vorbereitung, für die anscheinend eine Eventagentur verantwortlich war. Die Frau reichte die Espressi und ich rührte Zucker hinein. Dann nippte ich an dem Tässchen und betrachtete die Runde. Die Stiefmutter hatte während des Mittagessens kein Wort gesagt. Sie wirkte wie ein Zombie, und ich war mir sicher, dass sie irgendein Mittel eingeworfen hatte. Womöglich war sie sogar ruhiggestellt worden. Zuzutrauen wäre es ihrem Mann. Paul sagte ebenfalls nichts und starrte nur seine Zukünftige an, während sie unaufhörlich plapperte. Nur Sascha sah gelegentlich zu mir und lächelte. Eigentlich empfand ich es als recht unterhaltsam, hier zu sitzen und die Gangsterfamilie zu beobachten. Bei dem Gedanken schüttelte ich erschrocken mit dem Kopf, um mich selbst aufzuwecken, und Sascha sah mich überrascht an. Ich sandte ihm ein kurzes Lächeln und er wandte sich wieder seiner Schwester zu, während ich innerlich auf mich einredete. *Amanda, du bist eine Geisel. Du darfst dich nicht wohlfühlen. Bald kommt die Polizei und der Spuk hat ein Ende.*

Nachdem der Familienvorstand das Mittagessen für beendet erklärt hatte, strömten alle auseinander. Ich fand, es sei eine gute Gelegenheit, die Villa einmal näher in Augenschein zu nehmen. Auf dem Gang, an dem mein Zimmer lag, befanden sich noch weitere Zimmer. In einem stand die Tür offen und ich lugte hinein. Ein Zimmermädchen war gerade dabei, das Bett zu machen. Ich fragte mich, wo die Bediensteten herkamen. Ich war seit gestern hier und hatte niemanden zu Gesicht bekommen. Das Zimmermädchen sah mich fragend an und ich sandte ihm ein Lächeln. Ich konnte keinerlei persönliche Utensilien sehen und vermutete daher, dass das Zimmer für weitere Hochzeitsgäste hergerichtet wurde. Die Türen der anderen Zimmer waren verschlossen, und ich wagte nicht, sie zu öffnen. Womöglich würde das Zimmermädchen dem Boss von meiner Schnüffelei erzählen, und ich wollte mir Unannehmlichkeiten ersparen. Der Gang mit den Zimmern führte in ein großes Wohnzimmer, von dem aus es auf eine Terrasse und von dort aus in den Garten ging. Dort herrschte turbulentes Treiben. Techniker waren dabei, eine Tonanlage an einer Bühne einzurichten. Mehrere

Bedienstete richteten Stehtische her. Pavillons waren über den Garten verteilt. Ich blickte automatisch in den Himmel. Kaum ein Wölkchen war dort zu sehen, und es würde kaum nötig werden, dass sich die Gäste des Abends unter die Pavillons flüchten müssten. An der Hausseite wurden lange Tische aufgebaut, die anscheinend das Buffet aufnehmen sollten. Daneben stand eine Theke, an der es dann sicherlich die Getränke geben würde. Eine Frau in einem Kostüm und mit einem Klemmbrett in der Hand rannte herum und gab Befehle.
»Läuft alles wie am Schnürchen, nicht wahr?« Ich zuckte zusammen und drehte mich zu der Stimme. Sascha sah mich an. »Sieht so aus«, antwortete ich. »Wer kommt denn heute Abend?«
»Genau weiß ich das gar nicht. Diverse Geschäftspartner meines Vaters. Ein paar Honoratioren aus der Stadt. Solche Leute eben.«
Ich runzelte die Stirn. »Keine Freunde der Brautleute?«
»Vanessa hat nicht so viele Freunde, und die sind überall über die Welt verstreut. Paul kommt aus einem kleinen Dorf in Schleswig-Holstein. Da werden wohl auch nicht viele Gäste kommen. Seine Eltern werden allerdings heute noch erwartet.«
»Komische Hochzeit«, murmelte ich mehr zu mir als zu Sascha, aber er hatte es dennoch gehört.
»Warum meinen Sie das?«

»Es wirkt alles so, so …« Ich suchte nach dem richtigen Wort. »Steril. Ja, alles wirkt irgendwie steril und überhaupt nichts so herzlich, wie Hochzeiten sein sollten.«

»Und Sie kennen sich aus mit Hochzeiten?«

»Ja, natürlich. Ich beschreibe ständig Hochzeiten in meinen Büchern. Also, wenn das meine Hochzeit wäre, müssten jede Menge Freunde dabei sein.« Ich verschwieg, dass ich gar nicht so viele Freunde hatte. Aber ich würde ja auch nicht heiraten.

»Sagten Sie nicht, dass Sie gar nicht an die Liebe glauben? Und jetzt denken Sie über Ihre Hochzeit nach?«

»Das war nur theoretisch.«

Sascha lachte. »Ja, genau, in der Theorie sind Sie ja Expertin.«

»Was ist denn eigentlich mit Ihnen? Noch nicht die Richtige gefunden?«

»Ich bin viel unterwegs, da ist es schwierig, Beziehungen zu pflegen.«

»Wieso das denn? Sie können sich doch einfach eine entführen und sie zur Heirat zwingen.«

»Habe ich auch schon in Erwägung gezogen.« Er sah mich ernst an, aber als er mein erschrockenes Gesicht bemerkte, lachte er laut los.

»Arschloch.«

»Das sagten Sie schon.« Wieder lachte er auf. Es wurde

Zeit, dass mich die Polizei befreite. Konnte schließlich nicht mehr lange dauern.

Den ganzen Nachmittag verbrachte ich damit, auf herannahende Polizeisirenen zu hören, aber sie kamen einfach nicht. Ich betete, dass Georg meine Nachricht bekommen hatte. Mir wurde bewusst, dass er die Absendernummer nicht kennen konnte. Oh Gott, hatte ich meinen Namen genannt? Womöglich hatte er die Nachricht längst gelöscht? War meine Aktion ganz umsonst und meine Hoffnung, hier bald herauszukommen, nur eine Illusion? Am liebsten hätte ich mich in mein Zimmer verkrochen und hätte es nie wieder verlassen, aber Sascha hatte mir klar zu verstehen gegeben, dass ich bei der abendlichen Party zu erscheinen hatte. Und zwar nett zurechtgemacht, wie er sich ausgedrückt hatte.

Als ich missmutig vor dem Kleiderschrank stand und meine Finger durch die dort hängenden Kleider gleiten ließ, kam mir der Gedanke, die Party einfach zu sabotieren. Was könnten sie schon tun? Sie könnten mich höchstens bedrohen. Na und? Gut, sie könnten mich auch foltern. Dimitrij traute ich zu, dass er einige schmerzhafte Methoden zur Folter kannte. Aber ich wäre standhaft. Was hatte ich schon zu verlieren? Ich blickte entschlossen in den großen Spiegel auf der Rückseite der Kleiderschranktür. »Nein, Amanda«, musste ich mir selbst eingestehen. »Du wärst nicht standhaft. Du würdest schreien wie am Spieß.« Es ergab keinen Sinn. Warum unsägliche Schmerzen ertragen wegen einer Party, die zudem doch auch ganz nett werden könnte? Ich hob das Kleid vom Boden auf, das ich gestern bereits kurz getragen hatte, überprüfte, ob ich es in meiner Wut nicht zerrissen hatte, und legte es auf das Bett. Dann ging ich ins Bad. Wenn ich schon zu dieser Party gehen sollte, dann würde ich wenigstens hinreißend aussehen.

Als ich über die Terrasse in den Garten kam, war dieser bereits belebt. Überall standen Menschen an den Stehtischen oder in Grüppchen und unterhielten sich. Die Band, die eher ein kleines Orchester war, spielte Jazzklassiker. Zwischen den Menschen rannten livrierte Kellner und Kellnerinnen im klassischen Schwarz-Weiß-Look herum und reichten Getränke. Ich fing eine der Kellnerinnen ab, als sie bei mir vorbeikam, und nahm ein Glas Sekt von ihrem Tablett. Ich trank einen Schluck und ließ die Flüssigkeit meine Kehle hinunterlaufen. *Lasst die Spiele beginnen,* beschwor ich mich selbst und ging auf einen der Stehtische zu. Vielleicht hatte Georg meine Nachricht bereits gelöscht, aber womöglich ergab sich ja bei dieser Party eine andere Fluchtmöglichkeit. Dimitrij konnte ich jedenfalls nirgends entdecken. Er war auch nicht so der Partytyp. Aber es könnte auch sein, dass er irgendwo saß und alles mit Kameras überwachte. Automatisch schaute ich mich um, ob ich Kameras entdecken konnte, aber ich sah nichts Verdächtiges.

»Abigail, da sind Sie ja.« Vanessa kam auf mich zu. Ich musste zugeben, dass sie umwerfend aussah. Es mochte an der beginnenden Dämmerung liegen, aber irgendwie wirkte sie auf mich nicht mehr so künstlich wie noch am Vormittag. »Kommen Sie. Ich muss Sie unbedingt Pauls Eltern vorstellen.« Sie fasste mich an der Hand und zog mich hinter sich her, während ich hastig mein Sektglas leerte.

Die künftigen Schwiegereltern waren unschwer zu erkennen. Man sah ihnen bereits auf Abstand an, dass derartige gediegene Partys nicht zu ihren üblichen Abendunterhaltungen zählten. Der Vater hatte sich in seinen wahrscheinlich einzigen Anzug gezwängt, und die Mutter sah in ihrem Kleid, das wohl ein kleines Schwarzes sein sollte, völlig fehl am Platze aus. Sie lächelten, als Vanessa mit mir im Schlepptau auf sie zu kam. »Annette, Heinz, darf ich euch Abigail Madison vorstellen? Sie ist eine berühmte Schriftstellerin, und ihre Bücher bereichern mein Leben.«
Ich war berührt von der netten Vorstellung und konnte nur nicken, als ich den Schwiegereltern nacheinander

die Hand reichte. Sie lächelten mich weiter an, und ich lächelte zurück. Es war eine Erlösung, als ein Kellner vorbeikam und ich mein leeres Glas gegen ein gefülltes austauschen konnte. Vanessa war nicht gewillt, uns schweigend nebeneinanderstehen zu lassen. »Sicher kennt ihr eines ihrer Bücher. Rote Rosen für den Lord ist ein Bestseller.« Ihre Schwiegermutter schüttelte den Kopf. »Wir lesen nicht«, stellte sie fest und ihr Mann bestätigte dies mit einem kurzen Nicken. »Ist das Buch schon verfilmt worden?«, fügte Pauls Mutter an.
»Nein, leider noch nicht«, antwortete ich.
»Wird es denn noch verfilmt?«, hakte die Mutter nach.
»Ich glaube nicht.«
»Schade.«
Wieder schwiegen wir, und ich nippte an meinem Sektglas. »Heinz, du hörst doch manchmal Hörbücher im Auto«, wandte sich die Schwiegermutter an ihren Mann. Erschrocken über die Tatsache, dass er nun auch etwas sagen musste, sandte er seiner Frau einen mürrischen Blick. »Aber nur Krimis«, brummte er.
»Schreiben Sie auch Krimis?«, nahm die Mutter den Faden auf.
»Nein, eher nicht«, musste ich sie enttäuschen.

Wir standen weiter schweigend beieinander und mein Sektglas war bereits wieder leer, als Paul erschien und Leben in seine Eltern brachte. »Da bist du ja, mein

Junge«, begrüßte ihn seine Mutter und begann, an seinem Sakko zu zupfen. »Schick hast du dich gemacht«, stellte sie fest, und Stolz schwang in ihrer Stimme mit.

Irgendwie waren sie mir nun doch sympathisch. Sie waren so herrlich normal, und sie liebten ihren Sohn, für den sie sich auch in einen Anzug und ein Kleid zwängten. Ich griff das nächste Sektglas, das an mir vorbeischwebte, und nahm einen kräftigen Schluck. Meine Eltern würden garantiert an mir herummäkeln, wenn sie mich heute sähen. Obwohl ich zugeben musste, dass ich ziemlich gut aussah für meine Verhältnisse. Dieses Kleid in A-Form stand mir ausgezeichnet und die hochgesteckten Haare wirkten sehr feminin. Die Schwiegereltern waren mit ihrem Sohn und Vanessa beschäftigt. Mich beachtete niemand, so dass ich mich langsam und schweigend von dem Familienidyll entfernen konnte. Es war an der Zeit, nach Fluchtmöglichkeiten zu suchen.

»Wohin des Weges, schöne Frau?« Ich erschrak und drehte mich in die Richtung, aus der die Stimme kam. Ein Mann im beigen Sommeranzug mit weißem, aufgeknöpftem Hemd, und deutlich sichtbarem Goldkettchen strahlte mich an. Sein Alter war schwer zu schätzen, aber es lag sicher näher an dem meines Vaters als an meinem. »Äh, ich wollte nur etwas Abstand vom

Trubel nehmen«, erwiderte ich.
»Das ist aber schade«, säuselte der Mann und kam einen Schritt näher. Eine Duftschwade umrahmte ihn und rief in mir Erinnerungen an meinen Opa hervor, der es auch immer zu gut gemeint hatte mit seinem Aftershave.
»Ich wollte gerade ein Tänzchen mit Ihnen wagen«, fuhr der Mann fort und setzte einen Blick auf, den er wohl für verführerisch hielt. Mich erinnerte der Gesichtsausdruck eher an Georg, wenn er eine Spinne sah. »Mir ist jetzt nicht nach Tanzen. Ich möchte ein wenig frische Luft schnappen.« Ich versuchte, höflich zu klingen, und dennoch meine Ablehnung deutlich hörbar zu machen. Ein Balanceakt, der mir nicht gelungen war, denn der Typ grinste und zeigte seine gelben Zähne.
»Die Bitte können Sie mir nicht abschlagen«, stellte er fest, und ich fragte mich noch, wieso ich das denn nicht können sollte, als er schon seine Hand auf meiner Schulter legte. »Ich bin ein hervorragender Tänzer. Das dürfen Sie nicht verpassen.«
Ich erstarrte und überlegte krampfhaft, was ich tun konnte. Ich wollte dem Kerl eine knallen. Aber wer weiß, wer das war? Vielleicht beleidigte ich damit die Ehre der Gangsterfamilie und wurde sofort erschossen. Schreien und der Party so einen unrühmlichen Höhepunkt zu verschaffen, war vielleicht auch keine gute

Option und könnte mir übel angerechnet werden. Aber mit diesem schmierigen Kerl zu tanzen, mich von ihm antatschen zu lassen, war absolut nicht tragbar. Die erste Idee ist immer die beste.
Ich knallte ihm eine.
Meine Hand traf seine Wange optimal, und sein Kopf schleuderte zur Seite. Seine Hand löste sich von meiner Schulter und denn sie wurde gebraucht, um sich die Wange zu halten. War sein verführerischer Blick nicht ganz eindeutig gewesen, der wütende war es.
»Was soll das, du Flittchen!«, schimpfte er. Er machte Anstalten, zum Gegenangriff überzugehen, und ich zog in Erwägung, doch zu schreien, oder einen Tritt in die Weichteile zu wagen, als die Rettung nahte.
»Onkel Ferdinand, lass die Frau in Ruhe!«

Sascha kam auf uns zu und stellte sich zwischen den Onkel und mich. »Onkel Ferdinand, wann lernst du es endlich, dich Damen gegenüber ordentlich zu benehmen? Du gehst jetzt besser.«
Onkel Ferdinand wollte protestieren, aber Sascha machte eine Handbewegung, die ihn schweigen ließ. »Wenn du dich nicht benimmst, fliegst du raus. Ist das klar?«, fügte der Sohn des Hauses an. »Ist ja schon gut. Ich wollte doch nur ein Tänzchen«, murrte der Onkel, sandte mir einen wütenden Blick und trollte sich.
»Geht es Ihnen gut?«, wandte sich Sascha mir zu.

»Was für eine Horrorfamilie. Die einen entführen mich und die anderen wollen mich vergewaltigen. Was kommt als Nächstes?«

»Bitte entschuldigen Sie Onkel Ferdinand. Bei ihm schaltet der sowieso schon kaum vorhandene Verstand aus, wenn er eine schöne Frau sieht. Aber vergewaltigen wollte er Sie sicher nicht.«

»Und das soll jetzt eine Entschuldigung sein?«

»Nein, nur eine Erklärung. Entschuldigen kann man ihn nicht. Ich kann nur um Verständnis bitten.«

»Da können Sie lange warten.«

»Jetzt ist mir klar, warum Sie kaum Freunde haben und erst recht keinen Mann. Von Ihrem imaginären Mann mal abgesehen.« Er grinste hämisch.

»Was soll das denn jetzt? Mein Privatleben geht Sie einen Scheißdreck an. Zumal Sie sicher der Letzte sind, der es beurteilen könnte.«

»Wie meinen Sie das?«

Ich wies mit dem Kopf in Richtung der Menschen, die im Garten standen. »Das sind sicher alles ganz tolle und liebe Freunde und keine Gangster, Mörder und Vergewaltiger, nicht wahr?«

Er schüttelte den Kopf. »Sie haben einen völlig falschen Eindruck von meiner Familie.«

Ich quittierte seine Aussage mit einem müden Zucken meines Mundwinkels. Das ermutigte ihn, seine

Argumentation weiter auszuführen.
»Lösen Sie sich doch bitte mal von den Umständen, die Sie hierhin gebracht haben.«
Ich wollte protestieren, aber er fuhr fort. »Geht es Ihnen denn wirklich so schlecht hier? Sie können sich frei bewegen. Es gibt eine tolle Party mit sehr wichtigen Leuten. Ich könnte Ihnen einige Leute vorstellen, die Ihrer Karriere sicherlich dienlich sein könnten. Und allein mit Ihrer Anwesenheit machen Sie einen großen Fan sehr glücklich. Wenn Sie nicht so störrisch gewesen und freiwillig gekommen wären, könnten Sie dies alles genießen. Ach, ich vergaß, Ihnen zu sagen, dass es die von meinem Vater angebotene Bezahlung natürlich trotzdem geben wird.«
»Soll mich das jetzt ruhigstellen? Ihr Vater hat mein Leben bedroht.«
»Ich bin mir sicher, dass er dies nie so deutlich gesagt hat. Wenn Sie wollen, können Sie gehen, wohin Sie wollen, und Sie werden sehen, es geschieht Ihnen nichts. Aber Sie bekommen das Geld nicht und Sie machen Vanessa todunglücklich. Ist es das, was Sie wollen?«
»Was soll dieses perfide Spiel? Sie haben mich entführt und bedroht, basta! Und wenn ich wirklich gehen kann, wohin ich will, dann tue ich das jetzt.« Ich machte einen Schritt in Richtung der Baumreihe, die die Wiese von

dem Weg zum Tor trennte.
»Okay, wenn Sie es so wollen, dann können Sie gehen. Ich werde es Vanessa schon irgendwie verkaufen. Aber einen Gefallen müssen Sie mir zuvor noch tun.«
Ich drehte mich zu ihm. »Wusste ich doch, dass Sie lügen.«
»Nein, nein, danach können Sie gehen. Versprochen.«
»Und was für ein Gefallen soll das sein?«
Er hielt mir seine Hand hin. »Tanzen Sie mit mir!«
Ich starrte auf die hingestreckte Hand. »Ich soll mit Ihnen tanzen, und dann darf ich gehen?«
»Genau.«
Ich betrachtete die Baumreihe und den Weg in die Freiheit und dann die Hand, die vor mir schwebte. Würde er mich festhalten, wenn ich einfach ginge? Andererseits, was war schon schlimm an einem Tanz?
»Ich weiß nicht, warum ich mich darauf einlasse. Ich muss verrückt sein.«
Ich nahm seine Hand, und wir gingen auf die Musik zu.

VII

Die Tanzfläche war fast leer. Nur zwei Paare bewegten sich langsam zur Musik. Ich blieb etwas unsicher stehen, und Sascha drehte sich zu mir. Ich hatte schon eine Ewigkeit nicht mehr getanzt, und war auch nie wirklich gut darin gewesen. Georg war aber immer davon begeistert, dass ich gut zu führen sei. Wenigstens beim Tanzen hatte es Vorzüge, zeit seines Lebens gewohnt zu sein, hin und her geschoben zu werden. Sascha umfasste meine Taille. Ich legte meine Hand auf seine Schulter und fasste mit der anderen die seine. Die Band spielte ein recht langsames Lied. Gerade richtig, um sich allmählich wieder an die Tätigkeit zu gewöhnen. Sascha führte hervorragend. Auch das war wenig überraschend, aber dennoch sehr angenehm. Ich musste über nichts nachdenken. Konnte einfach dahingleiten und hatte Gelegenheit, mir meinen Eintänzer näher anzusehen. Er trug noch sein Sakko, während andere Herren sich dessen bereits entledigt hatten. Das Hemd stand am Kragen offen. Sakko und Hose aus edlem Stoff in einem leicht glänzenden Grau. Ich musste zugeben, er sah verdammt gut aus. Ich fühlte den kühlen Stoff, und der Duft des Mannes, der mich entführt und festgehalten hatte, stieg mir in die Nase. Es war ein männlicher Duft. Nicht aufdringlich, aber dennoch markant. Wäre dies eine normale Party unter normalen Umständen gewesen, ich würde dahinschmelzen. Doch dies war keine normale Party, und so kämpfte ich mit aller Gewalt dagegen an, obwohl es mit jeder Bewegung, in die er mich sanft aber bestimmt geleitete, schwerer wurde, standhaft zu bleiben. Es gelang mir sowieso nur innerlich, ihn abzulehnen. Äußerlich hing ich in seinen Armen und wollte nirgendwo anders sein. Ich hoffte, die Polizei würde nicht jetzt kommen. Später sollten sie mich gerne befreien, aber nicht jetzt.

Das Lied endete, und wir blieben stehen, abwartend, welches Stück als Nächstes gespielt würde.

»Sie tanzen sehr gut«, brach Sascha das Schweigen.

»Danke. Ich habe mal Ballett gemacht«, übertrieb ich und schüttelte innerlich den Kopf über mich.

»Das merkt man.«

»Sie führen aber auch gut.«

»Danke.«

Die Band begann, ein noch langsameres Stück zu spielen, und Sascha und ich sahen uns an. Zum ersten Mal nahm ich so etwas wie Unsicherheit bei ihm wahr. Zögerlich hielt er mir seine Hand hin. Ich hätte einfach gehen sollen, aber ich konnte nicht. Es war, als ob mich eine unsichtbare Macht genau dort haben wollte. Ich konnte nur seine Hand ergreifen und mich an ihn ziehen lassen. Ich spürte die Wärme seines Körpers, seine Hand, die sanft über meinen Rücken strich, und seine Oberschenkel, die behutsam begannen, den Takt der Musik aufzunehmen. Es war der Moment, an dem ich nicht sicher war, ob ich je wirklich gehen wollte. Was war nur los mit mir? Ich lag in den zugegeben starken Armen eines Gangsters und Entführers – wer wusste, was er sonst noch alles auf dem Kerbholz hatte – und mein einziger Gedanke war, mich nie mehr aus diesen Armen lösen zu wollen. Hatten sie mir hier etwas ins Essen gemixt? Etwas, das mich willenlos machte?

»Sascha, du weißt, dass sie verheiratet ist?« Vanessa und Paul tauchten tanzend neben uns auf, und ich erschrak. Sascha hatte mein Zucken bemerkt und sah mich fragend an. Ich konnte als Erwiderung nur ein knappes Lächeln hinbekommen.

»Sie müssen aufpassen, Frau Madison«, hängte Vanessa lachend an. »Mein Bruder kann ein recht charmanter Kerl sein.«

»Ach ja?«, antwortete ich und löste mich etwas aus Saschas Armen.

»Jetzt sagen Sie nicht, das wäre Ihnen noch nicht aufgefallen.« Sie grinste.

»Also, so direkt …«

Sascha schaltete sich ein. »Ihr wisst aber schon, dass ich höre, was ihr sagt?«

»Sollst du ja auch«, erwiderte Vanessa, lachte auf und kam dabei etwas aus dem Takt, was Paul mit einem mürrischen Blick quittierte. Unterdessen hatte ich mich wieder im Griff. »Ich kann Sie beruhigen«, tönte ich. »Da besteht gewiss keine Gefahr.«
Vanessa nickte. »Sie haben ja auch eine so nette Familie. Wirklich schade, dass Ihr Mann nicht bei uns sein kann.« Sie sandte mir einen verständnisvollen Blick und ich nickte ihr zu. »Ja, das ist schade.«
Sascha grinste, aber Vanessa schien dies glücklicherweise nicht bemerkt zu haben. Sie wandte sich Paul zu, der sich beklagte, dass sie sich nicht auf die Musik konzentrieren würde. Sie bewegten sich wieder von uns weg, und ich stupste Sascha an die Schulter. »Sie sollten nicht so blöd grinsen, wenn Ihre Schwester die Wahrheit nicht erfahren soll.«
»Hat sie ja nicht gesehen«, stellte er ruhig fest und schob mich in eine halbe Drehung.
»Lassen Sie das«, schimpfte ich.
»Was? Drehungen beim Tanzen?«
»Hier Ihre Macht ausspielen, weil ich mich beim Tanzen nun mal führen lassen muss.«
»Ich spiele keine Macht aus. Ich erfülle meine Aufgabe.«
»Ja, genau. Für Ihre Aufgabe tun Sie alles. Schmeißen alle Regeln und Werte über Bord. Aber wahrscheinlich haben Sie so etwas ja gar nicht.«

Sascha sah mich verwundert an. »Wovon reden Sie eigentlich?«
»Ja, ja, unschuldig tun. Das können Sie. Ihre Schwester vergöttert Sie. Glauben Sie wirklich, Sie würde wollen, dass Sie sich strafbar machen, um ihr einen Wunsch zu erfüllen?«
Wir hatten aufgehört zu tanzen. Die restlichen Paare tanzten um uns herum und sandten uns missbilligende Blicke. Vanessa und Paul hatten die Tanzfläche verlassen.
»Sie wissen gar nichts über meine Schwester und mich. Ich verbitte mir jeden Kommentar dazu.«
»Ach ja, sonst was? Hetzen Sie dann Ihren Killer auf mich?«
»Auf so einen Blödsinn antworte ich nicht. Sie sollten sich jetzt beruhigen. Kommen Sie.« Er fasste mich an der Hand und zog mich von der Tanzfläche. Jetzt wäre ein guter Moment für die Polizei gewesen, zu meiner Befreiung zu erscheinen. Es erschien aber nur ein Kellner mit Champagner. Sascha nahm zwei Gläser vom Tablett und hielt mir eines hin. »Trinken Sie. Dann kommen Sie vielleicht wieder etwas runter.«
»Neue Taktik? Wollen Sie mich jetzt betrunken machen?«
Sascha funkelte mich an. »Wissen Sie was? Sie können mich mal.«

»Sie mich auch.« Warum kam die Polizei nie, wenn man sie brauchte? Wir prosteten uns mit wütenden Blicken zu. Ich nahm einen kräftigen Schluck, und Sascha tat es mir nach. Eine andere Kellnerin kam mit einem vollen Tablett vorbei. Sascha leerte sein Glas mit einem Schluck und forderte die Kellnerin auf, stehen zu bleiben. Er tauschte sein Glas gegen ein volles.

»Na, schwächeln Sie schon?« Er grinste hämisch.

»Von wegen.« Ich leerte mein Glas ebenfalls. »Her damit«, forderte ich ihn auf, und er reichte mir ebenfalls ein gefülltes Glas.

Wir sahen uns in die Augen.

»Prost«, donnerte er mir entgegen.

»Prost«, erwiderte ich. Dann kippten wir den Champagner hinunter und hielten Ausschau nach dem nächsten Kellner.

Wenn ich vor etwas warnen darf: Größere Mengen Champagner auf nüchternen Magen sind keine gute Idee. Mein Schädel hämmerte fürchterlich, als das Telefon neben meinem Bett losschrillte. Ich drehte mich zu der Seite, an der es stand, als mir eine Hand auffiel, die vor mir lag und unmöglich meine sein konnte. Mein vernebelter Blick folgte dem Arm, bis er zu einem Gesicht kam. Ich war schlagartig wach. »Guten Morgen«, brummte Sascha. »Champagner ist ein Teu-

felszeug.« Er nahm den Hörer vom Telefon und legte gleich wieder auf. Das Klingeln verstummte.
Das Hämmern in meinem Kopf hatte sich zu einer Dampfmaschine gesteigert. Ich lupfte vorsichtig die Bettdecke und drohte, in Ohnmacht zu fallen, als ich keinerlei Kleidungsstück entdecken konnte. »Oh, Gott, was habe ich gemacht?«, stöhnte ich auf.
»Genau kann ich dir das nicht mehr sagen«, brummelte Sascha. »Aber es hat tierisch Spaß gemacht.« Er verzog sein Gesicht zu einem Lächeln. Ich schlug ihm auf den Arm. »Du musst hier verschwinden. Sofort!«
»Warum so hektisch?«
Ich richtete mich etwas auf und achtete darauf, dass die Bettdecke meinen entblößten Körper verdeckte. Dadurch wurde allerdings Sascha teilweise freigelegt. Ich musste die Augen schließen, um diesen Anblick zu verdrängen. »Wenn deine Schwester dich hier sieht?«
»Keine Sorge. Sie ist im anderen Trakt und sicher schon im Hochzeitsstress.«
»Trotzdem, raus hier!«, forderte ich ihn auf.
»Keinen Gutenmorgenkuss?« Er schürzte seinen Mund und rückte näher zu mir.
»Wage es nicht.« Ich drückte ihn mit der freien Hand weg.
»Na, gut«, murrte er. Dann erhob er sich langsam. Da ich die Bettdecke krampfhaft festhielt, stand er völlig

nackt vor mir, und ich konnte nicht umhin, sein ansehnliche Rückseite zu betrachten. Er sammelte seine Sachen ein, die auf dem Boden verteilt lagen und ging ins Bad. Ich atmete heftig aus. Wie hatte das nur passieren können? Und wieso kribbelte mein ganzer Körper, wenn ich versuchte, mich an die Nacht zu erinnern?

Als er angezogen aus dem Bad kam, saß ich immer noch erstarrt auf dem Bett und krallte mich an der Bettdecke fest. Er kam zu mir, beugte sich hinunter und gab mir einen Kuss auf die Wange.
»Es war sehr schön.« Er lächelte und ging zur Tür. Noch einmal drehte er sich zu mir. Dann öffnete er die Tür, sah nach rechts und links, um zu überprüfen, ob jemand auf dem Gang war, und ging.

Ich weiß nicht, wie lange ich starr in meinem Bett gesessen hatte, als das Telefon erneut klingelte. Ich rollte mich darauf zu und nahm den Hörer ab. James' sonore Stimme erinnerte mich daran, dass das Frühstück gerichtet sei. Ich legte wortlos auf. Doch der Gedanke an Essbares war das Signal für meinen gebeutelten Magen, kräftig zu rumoren. So intensiv, dass ich es für besser erachtete, schnellstens ins Bad zu gelangen und meinen Kopf über die Toilettenschüssel zu halten. Es sollte sich zeigen, dass dies keinen Moment zu früh geschah, denn mein Gefühl hatte mich nicht getrogen.

Nachdem mein Magen sich von allem befreit hatte, was ich je zu mir genommen hatte, und ich mir den Mund mit Mundspülung gereinigt hatte, legte ich mich wieder auf das Bett. Sofort musste ich an Sascha denken, und ich ermahnte mich innerlich. Ich musste hier schleunigst verschwinden. Die Polizei hätte längst erscheinen müssen. War meine Nachricht nicht angekommen? Vielleicht musste ich mich mit der Situation abfinden? Ich kam hier nicht weg und musste mich der Herausforderung stellen. Irgendwie. Doch wie könnte ich diesen Tag überstehen, nach dem, was in der Nacht geschehen war? Ich griff den Telefonhörer und wartete ab, bis James sich meldete. »James, ich schaffe es nicht zum Frühstück. Wären Sie wohl so nett und würden mir eine Alka Seltzer auf das Zimmer bringen?«
»Sehr wohl, Madame«, erwiderte der Butler, und ich legte auf. Erst einmal musste der Kopf wieder klar werden.

Es klopfte an der Tür. Ich benötigte einige Sekunden, um es zu realisieren. War ich wieder eingeschlafen, nachdem James mir das Kopfschmerzmittel gebracht hatte? Wie spät hatten wir? Ich stand vorsichtig auf und spürte nach, ob mein Kopf noch so schlimm hämmerte, aber das Mittel schien gewirkt zu haben. Im Kleiderschrank suchte ich nach einem Morgenmantel, fand aber keinen. Ich griff stattdessen eine längere Strickjacke, zog sie über und ging zur Tür. Als ich sie einen Spalt geöffnet hatte, erkannte ich Sascha dahinter. »Was ist?«, fragte ich.

»Hast du mal auf die Uhr gesehen? Vanessa erwartet dich und ist schon völlig aufgelöst. Du musst ihr mit dem Kleid helfen. Wieso bist du noch nicht fertig?« Er sah mich ungehalten an.

»Wie spät ist es denn?«

»Zwölf Uhr dreißig.«

Schlagartig wurde mir die Dringlichkeit bewusst. »Oh«, konnte ich nur antworten und ihm die Tür vor der Nase zuschlagen. Um vierzehn Uhr sollte die Trauung stattfinden. Da musste ich mich mächtig beeilen. Ich stürmte ins Bad.

Das Kleid, das für heute vorgesehen war, konnte ich nicht verfehlen. Es hing etwas abseits von den anderen Kleidern in einer Schutzhülle. Ich hatte es mir noch gar nicht angesehen. Hatte ich mir doch geschworen, die Hochzeit hier nicht zu erleben. So konnte man sich täuschen. Nun holte ich es hervor und zog langsam den Reißverschluss der Hülle herunter. Als ich das Kleid vollständig von seiner Hülle befreit hatte, stockte mir der Atem. Es war wunderschön. Schlicht gehalten, in einem zarten Violett, passend zur Farbe des Hochzeitsarrangements – es gab tatsächlich eine Farbe für das

Hochzeitsarrangement, hatte ich gestern erfahren – und aus einem Stoff, der sich himmlisch anfühlte. Fast ehrfurchtsvoll nahm ich es in die Hand und zog es mir über den Kopf. Es glitt an mir herab und ich hatte das Gefühl, es würde sich an meinen Körper anschmiegen. Ich strich sanft über den Stoff. Dann schaute ich wieder in den Schrank. Dort, wo das Kleid gehangen hatte, standen die passenden Schuhe bereit. Dazu lag dort eine Schatulle. Als ich sie öffnete, blitzte es mir entgegen. Man konnte meinen Entführern alles Mögliche vorwerfen, aber nicht, dass sie nicht an alles gedacht hätten. Ich schlüpfte in die Schuhe und legte den Schmuck an. Vorsichtig drehte ich mich zum Spiegel. Als meine Silhouette dort erschien, erstarrte ich. In meinem Hirn poppte ein Satz auf, der mich noch mehr erschreckte.

»Ich bin schön«, sagte meine innere Stimme.

Ich spürte, wie der Kloß in meinem Hals wuchs und musste heftig gegen Tränen ankämpfen. Nur das erneute Klopfen an der Tür half mir, die Beherrschung wiederzuerlangen. »Bist du soweit? Vanessa dreht durch, wenn du nicht bald kommst«, rief Sascha durch die geschlossene Tür. Ich atmete tief ein und öffnete sie. Sascha erstarrte in seiner erneuten Klopfbewegung und sein Mund stand weit offen. Nach einer Weile des Schweigens ließ er seine Hand sinken und ein leises

»Wow« kam aus seinem Mund. Dabei zeigte sein Gesicht deutlich, dass er wirklich überwältigt war. Ein Umstand, der drohte, meine Knie vollends aufzuweichen. »Nur noch kurz die Lippen nachziehen, dann bin ich soweit.« Ich hastete ins Bad, schloss die Tür und versuchte, meinen Herzschlag irgendwie wieder in normale Bahnen zu lenken. Es kostete mich einige Mühe, meine Hand zu beruhigen, um mir den Lippenstift auftragen zu können. Als ich es geschafft hatte, pumpte ich meine Lungen voll Luft und öffnete die Tür. Dann schritt ich auf Sascha zu, der mich noch immer wortlos betrachtete. Er trug einen Cutaway mit einer Weste in der Farbe meines Kleides und sah umwerfend aus. Er hielt mir seinen Arm hin, und ich hakte mich wie selbstverständlich bei ihm ein. Ich musste es mir eingestehen: In diesem Moment war ich froh, entführt worden zu sein.

Je näher wir Vanessas Zimmer kamen, desto hektischer wurde es. Vor ihrer Tür stand Stephanie.
»Da kommt ihr ja endlich«, empfing sie uns in überraschend klaren Worten. »Sie dreht noch völlig durch.«
Sie wedelte mit der Hand in meine Richtung. »Gehen Sie da rein und bringen Sie sie zur Vernunft!«
Ich löste mich von Saschas Arm und klopfte an die Tür. »Vanessa, ich bin es, Abigail Madison. Darf ich hereinkommen?« Da ich nichts Gegenteiliges hören konnte,

öffnete ich vorsichtig die Tür und trat ein.
»Machen Sie die Tür zu«, befahl mir Vanessa und ich folgte der Aufforderung. Nun war es an mir, mit offenem Mund zu staunen. Ich hatte ihr Kleid ja schon gesehen, aber nun schien sie noch einmal hübscher darin zu sein.
»Sie sehen hinreißend aus«, sprach ich aus, was ich dachte. Sie schien aber nicht hinzuhören.
»Wie war das, als Sie Martin geheiratet haben?«, fragte sie und sah mich bohrend an.
»Äh …«
»Ich meine, hatten Sie da kurz vor der Trauung auch solch eine Angst, vielleicht einen Fehler zu machen?« Sie schluckte heftig.
Ich ging auf sie zu und nahm sie in den Arm. »Eine Hochzeit ist ein großer Schritt. Angst ist da völlig normal.«
Sie sah mich aus feuchten Augen an. »Hatten Sie auch Angst?«
»Natürlich hatte ich die«, log ich.
»Aber Martin ist ein toller Mann, und Sie lieben ihn.«
»Lieben Sie Paul denn nicht?«
»Doch …« Sie stockte. Dann richtete sie sich auf. »Ja, das tue ich. Von ganzem Herzen.«
Ich musste mir eingestehen, dass mir diese Hochzeit anfing zu gefallen. Daher entschloss ich mich, meine

Rolle weiterzuspielen und Vanessa etwas über die Liebe, meine vermeintliche Ehe und über mich vorzuspielen. »Dann macht Paul Sie glücklich?«

Sie sah mich an, dann nickte sie. »Ja, das tut er.«

»Man sollte den Menschen, der einen glücklich macht, immer festhalten. Er wird Ihnen nicht wehtun.»

Ein Lächeln umspielte ihre Lippen. Sie nahm mich in den Arm. »Es ist so toll, dass Sie gekommen sind.«

Ich musste schlucken. Aber das Gefühl, eine fürchterliche Betrügerin zu sein, blieb dennoch da. »Kommen Sie. Kümmern wir uns um Ihr Make-up, und dann geht es los.«

VIII

Selbst die Sonne schien die Farbe der Hochzeit besonders zum Strahlen zu bringen, als Boris Kolesnikow seine Tochter durch die Reihen der Gäste geleitete. Er hatte gar nichts mehr von dem skrupellosen Gangster, für den ich ihn hielt. Jetzt war nur ein liebender und stolzer Vater zu sehen. Sascha und ich saßen in der ersten Reihe und hatten uns zu dem heranschreitenden Paar herumgedreht. Er berührte leicht meinen Arm, und ich zuckte weg. »Warum so nervös?«, raunte er mir zu.

»Lass das!«, zischte ich.

»Nur die Ruhe.« Wieder tätschelte er meinen Arm. Ich zuckte heftiger und schlug der neben mir sitzenden Stephanie den ausladenden Hut halb vom Kopf. Sie quiekte auf und zog so alle Blicke auf uns. Auch Boris und Vanessa stockten in ihrem Gang und sahen in unsere Richtung. Ich formte Entschuldigung mit den Lippen und knuffte Sascha an den Arm, während Stephanie hektisch an ihrem Hut fummelte.

»Blöde Ziege«, zischte sie. »Kannst du nicht aufpassen?«

Ich wollte etwas sagen, aber Sascha kam mir zuvor. »Es war ein Versehen. Und nenn sie nicht so.«

»Was mischst du dich ein? Du hast sie doch überhaupt hierhergeschleppt.«

»Es war Vater, weil Vanessa es sich so gewünscht hat. Jetzt sei still, die Leute gucken schon.«
Wir drehten uns wieder zur herannahenden Braut. Paul stand vorne und erwartete sie. Er sah gar nicht mehr aus wie ein Jüngelchen. Auch er trug einen Cutaway und wirkte sehr distinguiert. Vater und Braut waren fast auf unserer Höhe angekommen, und wir drehten uns wieder nach vorne.
»Pass doch auf, blöde Kuh«, raunte Stephanie in meine Richtung.
»Ich hab doch nichts gemacht.«
»Sie haben an meinem Kleid gezogen.«
»Stephanie, nun gib Ruhe«, sprang mir Sascha wieder zur Seite. »Amanda hat nichts gemacht.«
Stephanie sah ihn an. »Wer ist Amanda?«
Sascha erkannte seinen Fauxpas. »Äh, ich meinte natürlich Abigail.«
»Was denn jetzt? Amanda oder Abigail?« Stephanie sah mich missbilligend an.
»Abigail, natürlich Abigail. Bitte seien Sie jetzt still. Sie stören die Hochzeit«, hauchte ich ihr zu, während Vanessa zu uns sah, als sie auf unserer Höhe angekommen war.
»Sie verbieten mir hier nicht den Mund«, schimpfte Stephanie los. »Wer ist denn dann Amanda, he?« Sie funkelte mich an.

»Psst.« Ich legte meinen Finger auf die Lippen, um sie zum Schweigen zu bringen, aber dies schien sie erst recht zu animieren. »Sagen Sie schon?«, forderte sie mich auf. Leider in einer Lautstärke, die nun niemand mehr überhören konnte. Paul starrte von seiner Position aus zu uns, und Vanessa machte gar einen Schritt auf unsere Reihe zu. Sascha versuchte, seine Stiefmutter zu beruhigen. »Bitte, Stephanie, es ist Vanessas Hochzeit.«

»Sag das dieser Abigail oder Amanda, oder wer immer sie ist.« Sie zeigte mit dem Finger auf mich. Ich sah hoch und direkt in das Gesicht von Vanessa. »Wer ist denn Amanda?«, fragte sie, während ihr Vater hinter ihr stand und mir einen Blick zuwarf, von dem ich nicht sicher war, ob er nicht mein nahes Lebensende ankündigte. Ich suchte nach Worten. »Äh …«

Wieder schaltete sich Sascha ein. »Das ist doch jetzt nicht wichtig, Schwesterchen. Du heiratest.« Er war aufgestanden und versuchte, seine Schwester sanft in Richtung Paul zu bewegen.

»Ich will wissen, was hier los ist.« Vanessa hatte die Arme vor der Brust verschränkt und sah mich herausfordernd an. Der Blick ihres Vaters war noch dunkler geworden, und ich versuchte, im Augenwinkel zu erkennen, ob Dimitrij bereits auf dem Weg war, um mir die Kehle durchzuschneiden.

Sascha sah mich an und wendete sich dann seiner

Schwester zu. »Amanda ist Abigail. Abigail Madison ist nur ein Pseudonym. In Wirklichkeit heißt sie Amanda.« Er tätschelte mir leicht die Schulter. Vanessa starrte auf seine Hand, die mich berührte. »Habt ihr was miteinander?«

»Nein, natürlich nicht«, beeilte ich mich zu antworten. Dummerweise machte ich dabei eine zu heftige Bewegung, wodurch Saschas und meine Hand sich berührten und er griff zu. »Das sehe ich«, schimpfte Vanessa. »War das alles Lüge?«, wendete sie sich an mich. »Das, was Sie mir vorhin erzählt haben, von Ihrer Ehe und allem?«

In meinem Kopf rumorte es. Krampfhaft suchte ich nach einem Weg, irgendwie aus diesem Schlamassel herauszukommen zu können, aber es wollte mir einfach nichts einfallen. Ich sah hilfesuchend zu Sascha. »Hör mal, Schwesterchen. Du wolltest Abigail Madison auf deiner Hochzeit. Wir haben Himmel und Hölle in Bewegung gesetzt, um dies möglich zu machen. Wir wollten dir einfach nur deinen Wunsch erfüllen.«

»Und dafür belügt ihr mich alle?« Tränen glitzerten in Vanessas Augen. »Die ganze Zeit?«

Vanessa drehte sich um und sah zu Paul. »Ich kann dich nicht heiraten«, schluchzte sie und machte Anstalten wegzurennen. Ihr Vater fasste sie an den Arm und sandte mir einen Blick zu, der nichts Gutes bedeutete.

»Schatz, es ist doch nicht so schlimm«, versuchte er, seine Tochter zu beruhigen. Paul war ebenfalls zu ihr getreten und sprach leise auf sie ein. Als ich nach hinten sah, bemerkte ich Dimitrij, der sich auf uns zu bewegte. Mein Puls schlug mir bis zum Hals. Dazu der nüchterne Magen. Alles verschwamm vor meinen Augen. Ich schien zu halluzinieren, denn dort hinten sah ich Georg, Melanie und einen Polizisten auf uns zukommen. Dann war alles schwarz.

IX

Die Klatschblätter überschlugen sich. Die Hochzeit bei den Kolesnikows war nun eine Woche her. Irgendwie hatten es die Geschehnisse in die Presse geschafft. *Hochzeit von Oligarchentochter gesprengt* titelte sogar die seriöse Tagespresse. Die bunten Blätter behaupteten, noch mehr zu wissen, und berichteten von tumultartigen Szenen auf der Hochzeit. Am meisten traf mich aber, dass dort die *Schnulzenschreiberin* Abigail Madison genannt wurde. Feststand, dass die Hochzeit ausgefallen war, denn alle Medien berichteten, dass die Braut noch am selben Abend mit unbekanntem Ziel abgereist sei.

Auch die Polizei war auf den Plan gerufen worden und hatte mit Ermittlungen wegen Freiheitsberaubung begonnen. Ich wurde in den letzten Tagen zwei Mal zur Vernehmung geladen, um die Geschehnisse zu schildern. Boris Kolesnikow war aber ebenfalls verreist und hatte sich dem Zugriff der Polizei entzogen. Meine Eltern hatten darauf bestanden, dass ich übergangsweise bei ihnen wohnte. »Amanda, du bist aus einer stadtbekannten Familie. Wir können uns nicht leisten, dass unser Ruf in Mitleidenschaft gezogen wird«, hatte mein Vater gesagt. »Du wirst vorerst bei uns wohnen, und unsere Anwälte werden sich um alles kümmern.«
Da ich meinem Vater noch nie hatte widersprechen

können, hatte ich eingewilligt. Nun saß ich mit meiner Mutter am Frühstückstisch und unsere Haushälterin Magda stellte eine Schale Müsli und Früchte vor mich hin. »Ist das auch der fettarme Joghurt, Magda?«, fragte meine Mutter.
Magda nickte. »Ja, gnädige Frau.«
»Dann ist ja gut.« Meine Mutter tippte mir sanft auf den Arm. »Wir wollen ja auf deine Figur achten, nicht wahr?« Sie lächelte mich an.
»Ja, Mutter«, murmelte ich und begann, lustlos in dem Müsli zu stochern. Wie gerne hätte ich ihr gesagt, dass ich viel lieber ein Ei und ein Brötchen mit Schinken gehabt hätte. Dass ich meinen morgendlichen Assam vermisste und dass der grüne Tee wirklich kein würdiger Ersatz war.

Mein Vater kam in die Küche. Er war bereits fertig zum Gehen, stellte seine Aktentasche ab und nahm die Tasse Tee, die für ihn bereitstand, in die Hand.
»Was hast du heute vor, Amanda?«, fragte er ohne vorherigen Morgengruß. Er musterte mich, während er seinen Tee mit großen Schlucken trank.
»Ich weiß noch nicht«, antwortete ich wahrheitsgemäß.
»Du solltest dir langsam mal Gedanken über deine Zukunft machen, Amanda. Es wird Zeit, dass du dein Leben in den Griff bekommst.«
Ich legte den Löffel in die nur halbgeleerte Müslischale.

»Was ist denn falsch an meinem Leben?«
»Amanda, müssen wir das wirklich schon wieder erörtern?«
»Du willst doch, dass ich irgendetwas ändere. Ich finde mein Leben okay so, wie es ist.«
Mein Vater stellte die Teetasse ab. »Du findest es in Ordnung, in einer winzigen Wohnung zu hausen und Schnulzenromane zu schreiben?«
»Ja, finde ich. Aber ich hause nicht, ich wohne. Und meine Romane haben tausende Fans.«
»Das ist doch Firlefanz. Du bist eine Schneider. Nimm das endlich ernst. Eine Schneider fabriziert keinen Schund.« Mein Vater gab meiner Mutter einen flüchtigen Kuss auf die Wange und griff seine Aktentasche. »Ich muss los. Wir reden heute Abend weiter.«
Ich wollte etwas erwidern, aber mein Vater war schon aus der Tür verschwunden.
Mutter sah mich an und legte ihre Hand auf meinen Arm. »Du musst deinen Vater verstehen. Er will nur das Beste für dich.«
Ich legte meine Hand auf die ihre. »Nein, er will nicht das Beste für mich. Er will das Beste für sich, für die Firma und für euch. An mich denkt er nicht eine Sekunde.«
»Amanda, das kannst du nun wirklich nicht sagen. Er hat sofort die Firmenanwälte alarmiert, damit sie dir

helfen.«
Ich hob ihre Hand von meinem Arm und zog ihn weg. »Er hat seine Anwälte alarmiert, damit der Ruf der Firma nicht gefährdet wird.«
Mutter schüttelte den Kopf. »Nein, ganz bestimmt nicht.«
»Doch, doch. Denn du musst wissen, dass einige von Vaters Kunden Teil einer Holding sind, die den Kolesnikows gehört. Vater will nur sein Geschäft schützen. Ich bin ihm scheißegal.« Ich stand auf. »Ich geh auf mein Zimmer.« Meine Mutter sah mir traurig nach, als ich die Küche verließ.

Zum Mittag hatte ich das elterliche Anwesen verlassen und mich in mein Stammbistro geflüchtet, wo mich Melanie freudig begrüßte. »Wie ist es denn so bei Mama und Papa?«
»Hör bloß auf«, winkte ich ab.
»Oh, doch so schön.« Sie grinste.
»Bringst du mir einen Assam?«
»Klar, kommt sofort.«
Ich setzte mich an meinen Stammplatz im hinteren Teil des Raumes und starrte auf die Eingangstür, durch die vor gerade mal zwei Wochen Boris Kolesnikow und Dimitrij erschienen waren. Es war vorbei, dennoch erschrak ich jedes Mal, wenn sich die Tür zum Bistro öffnete und jemand hereinkam. Ich rechnete damit, dass

es irgendwann Dimitrij sein würde, der seinen Auftrag zu Ende bringen wollte. Melanie kam gerade an meinen Tisch und stellte mir das Essen hin, als sich die Tür wieder einmal öffnete und ich zusammenzuckte. Es war aber nur Georg, der winkend auf uns zu kam.

»Sie kommen sicher nicht wieder. Die sind längst über alle Berge«, sagte Melanie und begrüßte Georg mit einem Kopfnicken.

»Das hoffe ich«, antwortete ich und fragte mich, warum da etwas in mir meine Aussage nicht unterstützte.

Den Tumult auf der Hochzeit hatte ich nicht mehr mitbekommen, weil ich ohnmächtig geworden war. Irgendwann hatte ich die Augen geöffnet und einem Sanitäter in die Augen geblickt. In dem Rettungswagen schaukelte es schrecklich, so dass mir speiübel wurde. Erst als ich in einem Krankenhaus angekommen und untersucht worden war, erschienen Georg und Melanie und erzählten mir, wie sie nach mir gesucht und mich dann endlich gefunden hatten. Die Polizei hatte ihnen die Geschichte von einer Entführung nicht geglaubt. Eine SMS von einer unbekannten Nummer hatte ihnen nicht genügt, um zu handeln. Also war Georg auf sich alleine gestellt gewesen. Nachdem er Melanie im Bistro von meiner Nachricht erzählt hatte, schloss die sich der Suche an. So hatten die beiden mich gerettet. Doch warum wollte es sich partout nicht nach Rettung anfühlen?

»Hallo, meine Liebe«, begrüßte mich Georg und setzte sich auf den Stuhl mir gegenüber.
»Musst du nicht arbeiten?«, fragte ich mürrisch.
»Mittagspause«, antwortete er nur und gab Melanie ein Zeichen. »Auch so eine Suppe und einen Milchkaffee, bitte.«
Ich löffelte in meinem Essen »Du brauchst nicht auf mich aufzupassen.« Ich hoffte, die Aussage wirkte überzeugender, als ich sie selbst empfand.
»Mach mir nichts vor.« Georg neigte sich leicht zu mir. »Ich weiß, dass du noch jedes Mal erschrickst, wenn die Tür aufgeht.«
Melanie kam mit Georgs Getränk. »Hast du ihm das verraten?«, wandte ich mich an sie.
»Was verraten?«
»Dass ich gelegentlich noch zusammenzucke.«
Melanie nickte und grinste.
»Also, dass ihr euch jetzt gefunden habt, um mich zu terrorisieren, finde ich ziemlich schräg.«
Georg lächelte. »Aber, meine Liebe, wir terrorisieren dich doch nicht. Wir beschützen dich.«
»Ja, ja«, grummelte ich.
Georg fixierte mich. »Sag mal, du hast uns noch gar nicht erzählt, was da mit diesem heißen Entführer

gelaufen ist.«
Melanie rückte auch näher heran und lehnte sich an einen Stuhl. »Ja, was war mit dem?«
Ich sah von ihr zu Georg und wieder zurück. »Da war nichts.«
Georg zwinkerte Melanie zu und wandte sich dann zu mir. »Ja, ja, verarsch uns nicht. Wir haben doch gesehen, wie ihr euch angesehen habt. Er hat sogar deine Hand gehalten.«
»Das …, das war im Eifer des Geschehens«, stammelte ich.
Georg stützte seinen Kopf auf die Hände und starrte an die Decke. »War ein echt heißes Kerlchen. Von dem hätte ich mich auch gerne mal entführen lassen.«
»Was ist denn mit deinem … Wie hieß er noch?«
»Wolfgang.«
»Ja, was ist mit dem? Du warst doch über beide Ohren verliebt.«
Georg richtete sich wieder auf. »Er hatte einen anderen«, murmelte er.
»Oh, das tut mir leid. Ich sag' doch, die Liebe ist nur ein Konstrukt.«
Georg hob abwehrend die Hand. »Hör auf mit deiner obskuren Theorie über Liebe.«
»Sie ist nicht obskur. Sie ist wahr. Dein Wolfgang hat es doch wieder bewiesen.«

Melanie schaltete sich ein. »Schreibst du nicht Liebesromane?«
»Ja, alles nur Fantasie. Das ist nicht real.«
»Du bist aber eine ganz schöne Zynikerin«, stellte sie fest.
Ich sah sie an und nickte. »Mag sein. Das hat mich das Leben gelehrt. Nur zwei Männer wollten mich bisher heiraten. Der eine hatte vor, durch mich in Vaters Firma einzusteigen, und der andere wollte seiner Familie vorgaukeln, er sei nicht schwul.« Georg streckte mir die Zunge heraus und ich fuhr fort: »Die Männer wollten mich nur ausnutzen und haben mich schnell wieder verlassen. Liebe. Pah! Das ist ein Hirngespinst.« Ich nahm einen Löffel von meiner Suppe und stellte fest, dass sie kalt geworden war. Missmutig legte ich den Löffel beiseite. Nicht nur die Suppe war nun nicht mehr genießbar, es kamen auch Erinnerungen an die Zeit hoch, als ich mir nichts sehnlicher gewünscht hatte, als einen Mann an meiner Seite zu haben. Sogar diverse Partnerbörsen hatte ich damals ausprobiert, aber es hatte immer in einem Fiasko geendet.

Es bimmelte, und Melanie ging zur Küche. Kurze Zeit später kam sie wieder und stellte Georg eine Suppe hin.
»Was würdest du denn tun, wenn dein schnuckeliger Entführer hier auftauchen würde?«, fragte sie.

»Natürlich die Polizei rufen.«
Georg nahm einen Löffel seiner Suppe und sah mich an. »Und es würde kein bisschen kribbeln?«
»Höchstens aus Angst«, stellte ich fest. Melanie sah zu Georg und beide grinsten. »Na klar«, sagte sie.

Die Tür zum Lokal öffnete sich erneut, und ich beobachtete ängstlich, wer wohl hereinkäme. Georg und Melanie lachten und sahen auch zur Tür. Dieses Mal erschrak ich nicht grundlos. Der Mann, der eintrat, sah durch den Raum und kam direkt auf mich zu. »Hallo, Frau Madison«, sagte er. Mein Mund hatte sich geöffnet, und ich konnte ihn nicht schließen. Ich musste kurz schlucken und brauchte etwas, um die Situation zu erfassen. »Hallo, Paul, das ist ja eine Überraschung.«
Melanie und Georg musterten ihn ebenfalls, und ich sah mich gezwungen, ihn vorzustellen. »Das ist Paul, der Bräutigam«, sagte ich. »Und das sind meine Freunde Georg und Melanie.«
Paul nickte ihnen zu und Melanie rückte einen Stuhl heran. »Nehmen Sie doch Platz«, bot sie ihm an, und Paul setzte sich zögerlich. Melanie fragte ihn, was er trinken möge, und ging dann, um das Gewünschte zu holen.

»Wie geht es Ihnen?«, wandte ich mich an ihn, während Georg uns schweigend beobachtete.
Paul sah mich an, als ob ich ihn gefragt hätte, ob die

Erde eine Scheibe sei. »Was denken Sie?«, antwortete er mürrisch.
»Ich verstehe«, antwortete ich schuldbewusst. Ich war nicht sicher, ob ich verstand.
»Frau Madison, oder wie soll ich Sie eigentlich nennen?«
»Amanda, nenn mich einfach Amanda.«
Er sah mich regungslos an, und erst jetzt bemerkte ich, dass seine Augen gerötet waren. »Gut, Amanda, ich brauche Ihre Hilfe.«
»Du kannst ruhig du sagen. Meine Hilfe?«
»Ja, Sie, äh, du schuldest es mir.« Jetzt war sein Blick fast ein wenig böse.
»Ich schulde es dir? Wieso? Was überhaupt?«
Er richtete sich etwas auf und sah mir direkt in die Augen. »Du hast schließlich meine Hochzeit sabotiert.«
»Ich habe was?« Jetzt war es an mir, böse zu gucken. Melanie kam unterdessen an unseren Tisch und stellte Pauls Getränk auf den Tisch.
»Wir wollen mal festhalten, dass ich zu dieser Hochzeit entführt worden bin, und nicht ich habe sie sabotiert, sondern die böse Stephanie war das«, wandte ich mich wieder an Paul, der noch Melanie musterte und sich wieder zu mir drehte.
»Wenn du nicht verschwiegen hättest, wer du in Wirklichkeit bist, wäre das alles nicht passiert.«

»Das ist ja wohl die Höhe! Dein Beinahe-Schwiegervater hat mir gedroht und von mir verlangt, dass ich nichts verrate. Sie wollten mich sonst umbringen.«

Paul schüttelte ungehalten den Kopf. »Das ist doch Blödsinn.«

Nun mischte sich Georg ein, der bisher nur immer von Paul zu mir und wieder zurück gesehen hatte. »Sag mal, was ist das für ein Spinner?«, fragte er in meine Richtung. Paul funkelte ihn an. »Sie müssen nicht gleich beleidigend werden.«

»Na, wenn Sie hier solchen Quatsch erzählen. Meine Freundin ist entführt worden. Das ist kein Firlefanz.«

Ich schaltete mich wieder ein, um die Situation nicht eskalieren zu lassen. »Also, ehrlich. Was soll das? Wolltest du nur vorbeikommen, um mir haltlose Anschuldigungen an den Kopf zu werfen und die Wahrheit zu verdrehen?«

Paul sackte in sich zusammen. »Nein, es tut mir leid. Ich brauche wirklich deine Hilfe.«

»Wobei?«

Paul sah mich an, und seine Augen waren feucht geworden. »Du musst mir helfen, Vanessa zurückzugewinnen.«

Nun stand mein Mund schon wieder offen.

»Warum denn das? Sei doch froh, dass du diese Verbrecherfamilie los bist.« Er drehte sich langsam zu mir und

hob schwach seinen Kopf, bis er mir wieder ins Gesicht sah.
»Ich liebe sie«, hauchte er.
Das schon wieder. Was hatten bloß alle mit dieser Liebe? Es war verrückt. Ich wollte ihm sagen, dass er ein netter Kerl sei und bestimmt eine liebe Frau aus einer besseren Familie finden würde, aber irgendwas in seinem Blick sagte mir, dass er dies nicht hören wollte. Liebe wirkte wirklich wie Gehirnwäsche. Er sah aus wie ein Sektenjüngling, dem man sagen wollte, dass es Gott nicht gab. Man wusste vorher schon, er würde einem niemals glauben. Ich versuchte, sachlich zu argumentieren. »Wie soll ich dir dabei denn helfen?«
»Sie verehrt dich. Immer noch. Ich verstehe auch nicht wieso.« Paul schüttelte den Kopf. »Wenn du mit ihr sprichst und sie überzeugst, dann kommt sie zurück zu mir.«
»Aber ich weiß doch gar nicht, wo sie ist.«
Paul neigte sich zu mir. »Aber ich«, flüsterte er.
»Wie das?«, hakte ich nach. Er hielt sein Handy hoch. »Wir schicken uns WhatsApp-Nachrichten.«
»Okay, dann gib mir die Nummer, und ich sende ihr eine Nachricht.«
Paul schüttelte heftig den Kopf. »Nein, nein, du musst persönlich mit ihr sprechen und dich entschuldigen, sonst wird das nichts.«

»Warum muss ich mich, verdammt nochmal, entschuldigen?«
Paul sah mich nur an.
»Okay, ich verstehe«, murmelte ich. »Dann lass uns in Gottes Namen zu ihr gehen und mit ihr reden.«
Georg sah mich an. »Hast du sie noch alle? Du weißt doch gar nicht, ob er mit denen unter einer Decke steckt. Das ist vielleicht eine Falle, und sie wollen dich nur klammheimlich um die Ecke bringen.«
Melanie kam wieder zu unserem Tisch, aufgeschreckt durch Georgs gestiegene Lautstärke. »Was ist denn los?«, fragte sie.
Georg erläuterte es mit seinen Worten. »Dieser Typ …« Er zeigte auf Paul. »Er will, dass Amanda mit ihm kommt. Angeblich, um seine Braut zu überzeugen. Aber das ist bestimmt eine Falle.«
Melanie sah mich an. »Du machst das doch nicht, oder?«
Pauls Gesichtsausdruck bekam etwas Flehendes, und ich hatte die Befürchtung, er würde auf der Stelle in Tränen ausbrechen.
»Nur du kannst mir helfen«, schluchzte er. Ich sah zu meinen Freunden und dann wieder zu ihm.
»Okay, nur mal hypothetisch: Wo müsste ich denn mit Vanessa sprechen?« Pauls Gesicht hellte sich auf, aber ich winkte ab. »Nur rein hypothetisch.«

Paul nickte. »Das ist nicht ganz so einfach.«

»Wieso das?«

»Sie ist etwas weiter weg.«

»Wo denn?«

»In einem Ferienhaus an der Ostsee. Und …«

»Was, und?«

Paul fummelte an seinem Jackenärmel. »Äh, also. Sie ist nicht allein.«

Ich musterte ihn. »Jetzt sag nicht, dieser Killer Dimitrij ist bei ihr.«

Paul nickte. »Ja, der auch.«

»Nun mach es nicht so spannend. Wer denn noch?«

»Sascha.«

Georg sprang auf. »Du fährst da auf keinen Fall hin, hörst du?«

Melanie nickte. »Das wäre wirklich verrückt.«

Paul sah mich an, und sein Blick versetzte meinem Herz einen Stich. Okay, seine Vorstellungen von Liebe waren absurd, aber er tat mir leid. Könnte ich es ablehnen, ihm zu helfen? Und, hey, aus den Erfahrungen könnte ich gewiss wieder einen tollen Roman schmieden. Ich sah zu Georg. »Ich muss ihm helfen«, flüsterte ich vorsichtig.

»Du spinnst doch«, protestierte Georg. »Und alles nur, weil er da ist, dein Entführer.« Er verschränkte die Arme vor die Brust und musterte mich.

»Nein, nein, ganz gewiss nicht. Ich möchte nur zwei Liebende zusammenbringen.«

Ich war selbst überrascht, dass ich einmal einen solch romantisch verklärten Satz aussprechen würde. Die Überraschung half mir aber zu verbergen, dass sich da in einer entlegenen Ecke meines Körpers etwas darauf freute, Sascha wiederzusehen.

»Und ich kann dadurch meinen Eltern entkommen. Dafür würde ich überall hinfahren«, fügte ich hinzu.

»Kann ich verstehen.« Georg nickte. »Aber ich lass dich da auf keinen Fall alleine hin.«

Melanie nickte ebenfalls. »Ich habe noch ein paar Tage Urlaub.«

Ich sah die beiden an. »Jetzt spinnt ihr aber.«

X

Paul saß am Steuer und lenkte den Wagen gerade auf die A20 in Richtung Ostsee. Melanie und Georg saßen hinten, und ich starrte durch die Windschutzscheibe. Was war nur in mich gefahren? Einerseits bereute ich bereits meine Entscheidung, andererseits fühlte ich mich ungewohnt lebendig. Das Gesicht meiner Mutter, als ich ihr sagte, dass ich kurzfristig an die Ostsee fahren würde, war es alleine wert gewesen, dieses Abenteuer anzugehen. Welche Energie doch so eine Fahrt ins Ungewisse freisetzen konnte …

»Was machen wir denn, wenn wir da sind?«, meldete sich Georg vom hinteren Sitz zu Wort. »Du wirst ja kaum einfach zu Vanessa gehen können, kurz mit ihr reden, und alles ist in Ordnung.«

»Ja, Paul, was machen wir dann eigentlich?«, wandte ich mich an den Fahrer.

Er sah kurz zu mir. »Ehrlich gesagt, habe ich so weit noch nicht gedacht.«

»Na, super«, stellte Melanie fest und ich musste ihr nickend zustimmen.

»Genau«, schob Georg nach. »Was wirst du denn tun, wenn du Sascha begegnest?«

Ich drehte mich zu ihm. »Was soll ich da schon tun? Ihn tunlichst ignorieren, denke ich.«

Er grinste. »Ja, ja.«

»Blöder Kerl.«
»Blöde Kuh.«
Wir sahen uns an und mussten beide lachen.

»Sind wir hier richtig?« Paul blickte in den Rückspiegel, um Melanies Gesicht zu sehen. »Sieht so aus«, sagte sie. Sie wedelte mit dem ausgedruckten Blatt, auf dem die Daten von dem Hotel standen, das sie uns gleich nach unserem Entschluss gebucht hatte. »Scheint doch ganz nett zu sein«, hängte sie an.

»Wenn alles schiefgeht, machen wir uns einfach ein paar schöne Tage an der Ostsee«, beschloss ich, und Paul sah mich erschrocken an. »Keine Angst, wird schon klappen«, versuchte ich, ihn zu beruhigen.

»Wie weit ist es denn zum Haus von den Kolesnikows?«, fragte Georg.

Paul sah kurz zu mir, konzentrierte sich dann aber wieder auf sein Einparkmanöver. Als der Wagen stand, und er den Motor abgeschaltet hatte, hakte Georg nach. »Sag schon. Wo finden wir Vanessa?«

Paul schluckte. »Ja, äh …«

Ich musterte ihn. »Sag nicht, du weißt gar nicht, wo sie sind.«

Paul fummelte an seinen Fingern. »Doch, schon. Sie sind hier in dem Ort.« Er stockte. »Ich weiß nur nicht, wo genau.«

»Und wie sollen wir sie dann finden?«, stellte Melanie

die Frage, die wir alle hatten.
»Schick Vanessa doch einfach eine WhatsApp-Nachricht und frag sie nach der Adresse«, schlug Georg vor.
Paul schüttelte den Kopf. »Dann weiß sie doch, dass wir kommen. Und sie hat klar gesagt, dass sie nicht möchte, dass ich komme.«
»Na, das ist ja super. Du lotst uns hier ins Nirwana, um deine Freundin zu überzeugen, dich doch zu heiraten, und dann weißt du gar nicht, wo sie genau ist.«
Dieser liebeskranke Tölpel gingen mir echt auf die Nerven.
Paul sah auf. »Ich weiß, dass sie ein Haus etwas außerhalb haben, das direkt an einem kleinen Strand liegt, und abseits steht. Wir fragen einfach im Ort, ob jemand weiß, wo das sein könnte.«
»Toller Plan«, murmelte Georg, und die Ironie war nicht zu überhören.
»Uns wird wohl nichts anderes übrigbleiben«, stellte ich fest. »Lasst uns unsere Zimmer in Beschlag nehmen, und dann sehen wir weiter. Heute schaffen wir sowieso nichts mehr.«

Georg und ich saßen bereits am Frühstückstisch, als Melanie zu uns stieß. Sie wirkte, wie immer, voller Elan.
»Du bist ja gut drauf«, empfing ich sie.
»Ja, ich bin schon eine Runde gejoggt. Ist echt schön

hier.«
»Wow, vor dem Frühstück joggen. Alle Achtung«, bemerkte Georg.
»Du machst viel Sport, oder?«, hakte ich nach, während sich Melanie Kaffee einschenkte.
»In letzter Zeit nicht so viel. Früher habe ich aktiver Sport getrieben.«
»Was hast du denn gemacht?«
Sie sah mich an. »Taekwondo.«
»Oh, wehrhaftes Mädchen«, Georg grinste.
»Kann man so sagen«, erwiderte Melanie und grinste ebenfalls.

Während Melanie aufstand, um ans Buffet zu gehen, erschien Paul. Er sah blass aus. »Nicht gut geschlafen?«, begrüßte ich ihn. Er nickte nur schwach, setzte sich und griff nach der Kaffeekanne.

Als Melanie mit einem Teller voll Rührei und einem Brötchen zurückgekommen war und Paul an seinem Kaffee genippt hatte, erzählte ich ihnen von meinen ersten Recherchen. »Ich habe mit der Frau an der Rezeption gesprochen. Sie meinte, das Haus der Kolesnikows läge nicht weit von hier.« Ich zeigte mit der Hand in die Richtung, in die ich das Haus vermutete. »Können wir gleich nach dem Frühstück hin.«
Paul schien nun auch langsam wach zu sein. »Oh«, sagte er und nahm einen weiteren Schluck Kaffee.

Georg legte Putenbrust auf seine Brötchenhälfte. »Sagtest du nicht, dass dieser Bodyguard auch bei ihr ist?«, wandte er sich an Paul. Der sah von seinem Kaffee auf. »Kann sein«, murmelte er.

»Na, toll. Wie sollen wir denn dann an Vanessa rankommen? Selbst wenn wir das Haus finden.«

Ich musterte Pauls Gesicht. Er schien das Problem erkannt zu haben. Einen Moment lang saßen wir alle stumm da und sinnierten über unsere schwierige Situation. Georg biss in sein Brötchen. Dann hellte sich sein Gesicht auf. Hastig schluckte er seinen Bissen hinunter. »Ich weiß, wie wir es machen.«

Alle drehten sich zu ihm und er fuhr bedeutungsschwanger fort. »Wir schicken Melanie vor.«

»Hast du sie noch alle«, schimpfte ich.

»Wieso?«, protestierte Georg. »Sie hat doch gerade gesagt, dass sie Taekwondo kann. Sie kann diesen Schrank beschäftigen, bis wir zu Vanessa gelangt sind.«

Jetzt drehten sich alle Blicke zu Melanie, die in ihrem Rührei stocherte und uns mit großen Augen entgegenblickte. Dann nickte sie. »Wenn die Überraschung auf unserer Seite ist, könnte ich ihn vielleicht ablenken«, bestätigte sie.

»Echt?«, fragte ich nach.

Sie nickte zögerlich. »Ja, ich denke schon. Im Training hatte ich öfter mit vermeintlich überlegenen Kerlen zu

tun und habe sie zumeist ziemlich überrascht.« Sie schob sich einen Bissen Rührei in ihren Mund.
»Wow«, sagte Paul und sprach damit aus, was wir alle dachten.
»Dann ist das unser Plan?«
Ich sah von Georg zu Paul und beide nickten.
»Okay, dann gehen wir dorthin.«
Wieder nickten alle. Wo war ich da nur hineingeraten? Vor einer Woche war ich noch entführt worden, und jetzt war ich kurz davor, in den Kampf gegen einen Profikiller zu ziehen, mit einer Kellnerin an meiner Seite, die Taekwondo konnte. Wenn ich dies in einem meiner Romane schreiben würde, würden es mir meine Leserinnen um die Ohren hauen.
Georg holte mich aus den Gedanken. »Und was machen wir mit Sascha?«
»Wir hetzen Melanie auf ihn«, erwiderte ich scherzhaft.
Die Genannte protestierte. »Hey, ich kann nicht alles alleine machen. Für Sascha bist du zuständig.« Alle außer mir nickten zustimmend. Ich sah in die Runde.
»Okay, okay, ich kümmere mich um Sascha.«
»Tu das«, sagte Georg und grinste schon wieder. Ich streckte ihm die Zunge raus.

Wir stapften durch den Sand und ich bereute es, in der Eile keine Turnschuhe eingepackt zu haben. »Zieh die Schuhe doch aus«, empfahl mir Melanie. »Mit nack-

ten Füßen im Sand zu laufen, ist herrlich.« Sie winkte mit ihren Schuhen, die sie in der Hand hielt.
Ich lehnte mich an Georg und zog meine Schuhe ebenfalls aus. Der Sand fühlte sich kühl an, war aber dennoch angenehm.
»Ist bestimmt nicht mehr weit«, sagte Paul, der vorauslief. Der Strand machte einen leichten Bogen und als wir am Scheitelpunkt angekommen waren, sahen wir ein einzelnes Haus vor uns.
»Das könnte es sein«, stellte Paul fest und beschleunigte seinen Schritt.
»Halt, bleib mal stehen«, forderte ich ihn auf, und er sah mich überrascht an. »Was ist?«
»Wir sollten uns vorsichtig nähern.«
Wie auf Befehl duckten sich alle. Langsam schlichen wir auf das Haus zu und versuchten, irgendeine Bewegung zu entdecken, aber da war nichts. »Sicher, dass es das Haus ist?«, raunte ich Paul zu.
»Es passt zur Beschreibung«, antwortete er leise. Wir verließen den Sandstrand und bewegten uns weiter durch die Dünen bis zur Straße.
»Moment«, zischte ich. Dann zogen Melanie und ich unsere Schuhe schnell wieder an. »Jetzt können wir.«
Unser Sturmtrupp setzte sich in Bewegung. Ein Gartenzaun war um das Haus gezogen. An einer Seite war ein Carport, in dem ein schwarzer SUV stand. »Das sind

sie«, sagte Paul.
Wir standen vor dem Zaun, immer noch in gebückter Haltung und mussten für einen Beobachter recht merkwürdig wirken. »Was machen wir denn jetzt?«, fragte ich. »Klingeln wir einfach?« Unser Plan war wohl doch nicht so durchdacht, wie ich ihn am Frühstückstisch noch empfunden hatte.
»Melanie, du musst klingeln«, sagte Georg.
Die Angesprochene sah zu ihm. »Ich?«
»Ja, dich kennen sie nicht so. Du klingelst, und wenn Dimitrij öffnet, setzt du ihn außer Gefecht.«
»Du hast zu viele Actionfilme gesehen«, erwiderte Melanie kopfschüttelnd. »Das ist nicht so einfach.«
Ich schaltete mich ein. »Dann frag doch einfach nach Vanessa. Wenn sie dann kommt, springt Paul hervor, und voilà.«
Melanie schürzte die Lippen und nickte. »Okay, könnte klappen.«

Ich gab das Signal, und Paul öffnete vorsichtig das Gartentürchen. Glücklicherweise knarzte oder quietschte es nicht. Wir schlichen zur Hauswand. Dann gab ich Melanie das Signal. Sie erhob sich, ging zur Tür und betätigte den Klingelknopf. Das Geräusch der Klingel war zu hören. Dann klangen Stimmen aus dem Inneren und Schritte, die auf die Tür zu kamen. Es war tatsächlich Dimitrij, der erschien und Melanie mürrisch musterte. »Was wollen Sie?«, sagte er. Melanie schien kurz zurückzuzucken, richtete sich dann aber wieder auf und lächelte ihn an. »Hallo, kann ich Vanessa sprechen?«

»Wer sind Sie?«, fragte er.

»Ich?«, stellte sich Melanie unschuldig. »Ich bin eine Freundin. Vanessa hat mich gebeten zu kommen.« Zum Beweis hielt sie ihr Smartphone hoch.

Dimitrij schien kurz nachzudenken, aber dann verschränkte er die Arme vor die Brust. »Kann nicht sein.«

»Doch«, protestierte Melanie. »Bitte holen Sie sie. Sie wird es Ihnen bestätigen.«

Dimitrij machte einen Schritt auf sie zu. »Gehen Sie.« Er überragte Melanie um Kopflänge und sah leicht zu ihr hinunter. Melanie hob den Kopf.

»Sie hat gesagt, dass ich kommen soll, und darum gehe ich nicht.«

Dimitrij machte einen weiteren Schritt auf sie zu, und nun stand er wenige Zentimeter vor ihr. »Gehen Sie!«, forderte er sie deutlicher auf.

Melanie fixierte seinen Blick. »Nein, ich gehe nicht.«

Der Russe hob einen Arm, um Melanie wegzustoßen. Doch die reagierte prompt und wehrte den Arm routiniert ab. Dimitrij machte einige Schritte auf sie zu und Melanie wich zurück. Dann setzte er zu einem weiteren Stoß an und wurde wieder abgewehrt. Das Gesicht des

Profikillers verzog sich, und er griff energischer zu. Melanie machte eine flinke Körperbewegung und entzog sich seinem Zugriff. Für einen kurzen Moment schien er irritiert zu sein, um dann erneut Melanie anzugreifen. Dieses Mal konnte er sie packen, aber sie reagierte mit einem Tritt. Dimitrij ächzte und ließ von ihr ab. Sie hatten sich vom Haus entfernt, und der Zugang zur Tür war frei. Der Plan ging auf. Melanie sah kurz zu uns. »Weiter so!«, gaben wir ihr zu verstehen. Jetzt war der Bodyguard in seiner Ehre verletzt. Er stieß einen kurzen Laut hervor und stürzte sich auf Melanie. Sie fielen auf den Rasen vor dem Haus. Melanie konnte sich befreien und sprang auf. Der Russe tat es ihr nach. Wie in einem Bruce-Lee-Film standen sie sich gegenüber und tänzelten herum. Wir hatten uns zwischenzeitlich aufgerichtet und beobachteten das Schauspiel mit Staunen. Melanie machte mit dem Kopf Bewegungen in Richtung Haus, aber wir waren alle so fasziniert von dem Geschehen, dass wir nicht verstanden, was sie wollte. Abwechselnd macht einer der Kämpfer einen Tritt, den der andere abwehrte. Melanie war Dimitrij an Beweglichkeit überlegen, obwohl dieser für seine Größe überraschend behände wirkte. Sie tat aber gut daran, ihm auszuweichen, denn wenn ein Tritt von ihm voll getroffen hätte, wäre das wahrscheinlich das Ende des Kampfes gewesen. Wieder winkte Melanie uns zu.

Dieses Mal energischer, und ich verstand.
»Na klar«, murmelte ich und gab Paul einen Schubs, ins Haus zu gehen. Dimitrij hatte uns bemerkt und sah kurz zu uns. Ein Umstand, den Melanie ausnutzte und ihm einen Tritt in die Weichteile verpasste. Der Profikiller stöhnte auf und sackte auf die Knie.
»Nun geh schon«, befahl ich Paul. Wir eilten zur Tür und Paul wollte gerade ins Haus gehen, als Sascha erschien. Er sah kurz zu mir und dann zu den Kämpfenden. »Was ist denn hier los?« Er musterte Dimitrij, der sich noch vor Schmerz wand, während Melanie in Kampfhaltung um ihn herumtänzelte. Dann sah er zu Paul, Georg und mir. »Was wollt ihr denn hier?«
»Lass mich zu Vanessa«, flehte Paul.
»Sie will dich aber nicht sehen.«
»Bitte!« Paul wirkte fast unterwürfig, aber Sascha machte keine Anstalten, den Weg frei zu machen. Georg gab mir einen Schubs. »Mach schon!«, flüsterte er und ich sah ihn erschrocken an. Noch einmal schubste er mich und ich stolperte in Richtung Paul und Sascha. Der setzte einen verkniffenen Blick auf. »Du hast dich also einspannen lassen?«
»Ja, dieses Mal sogar freiwillig und ganz ohne Entführung.«
»Konntest wohl nicht genug von mir kriegen.«
»Bild dir mal nichts ein.«

Er sah mir direkt ins Gesicht und lächelte. »Ich bin sicher, da bilde ich mir nichts ein.«
»Und ob du dir was einbildest«, protestierte ich und gab mit einem Augenzwinkern zu verstehen, Paul möge sich ins Haus zu Vanessa schleichen. Doch Sascha hatte mein Signal ebenfalls bemerkt und stellte sich breitbeinig in den Weg.
»Nun lass ihn doch zu Vanessa«, forderte ich Sascha auf. Der schüttelte den Kopf. »Kommt nicht in Frage.«
»Warum stellst du dich den Liebenden in den Weg?«
»Als ob du das beurteilen könntest. Du kennst Liebe nur aus Büchern. Ich liebe meine Schwester und werde sie mit allen Mitteln beschützen.«
»Vor mir? Ich liebe sie«, hakte Paul leise nach.
Sascha nickte. »Ja, vor allen, die sie verletzen.«
Paul sah aus, als ob er mit den Tränen kämpfte. »Ich werde sie niemals verletzen!«
Sascha fasste ihn an die Schulter und schob ihn weg. Paul versuchte, sich dagegen zu stemmen, aber war ihm körperlich nicht gewachsen. Er ruderte mit den Armen, um sich aus Saschas Griff zu lösen.
»Arschloch!«, platzte es aus mir heraus.
Sascha lachte auf.
»Immer wieder gerne.«

»Hey, ihr Turteltäubchen«, schaltete sich Georg ein und sowohl Sascha als auch ich setzten zu einem Protest

an, doch Georg machte eine Handbewegung, die uns verstummen ließ. »Ja, ja, ich weiß. Ihr seid keine Turteltäubchen. Träumt weiter. Aber das ist jetzt nicht das Thema. Lässt du uns nun zu Vanessa oder nicht?« Er musterte Paul, der nur noch schwach wimmerte.
Ich schüttelte den Kopf. »Er ist so verdammt stur.«

Währenddessen hatte sich Dimitrij von dem Tiefschlag erholt und richtete sich langsam wieder auf. Melanie tänzelte weiter, aber ihr Gesichtsausdruck zeigte einen Anflug von Verzweiflung.
»Kann den mal jemand zurückpfeifen?«, forderte sie. Dimitrij machte keinerlei Anzeichen, sich zurückziehen zu wollen. Sascha gab Paul einen Schubs, so dass der zurück torkelte, und wandte seinen Blick von mir ab zur Kampfszene. »Seid ihr alle übergeschnappt? Dimitrij, lass es gut sein«, befahl er.
Der Angesprochene sah zu Sascha und brummte etwas, das sein Unverständnis über diese Aufforderung auszudrücken schien. Sascha nickte einmal und Dimitrij lockerte seine Haltung. Er machte eine abfällige Handbewegung. Melanie hörte auf zu tänzeln, beobachtete den Bodyguard aber noch mit Argusaugen. Sascha nahm das Ende der Kampfhandlungen zur Kenntnis und drehte sich wieder in meine Richtung. »Und wie haben sie dich überredet?«
Ich grinste. »Es geht schließlich um die Liebe. Wie

könnte ich da Nein sagen?«

Sascha verzog das Gesicht. »Ach ja, du bist ja die Expertin.« Ich fragte mich, warum dies so deutlich nach Ironie klang.

»Aber wie ich schon gesagt habe, will Vanessa niemanden sehen. Ich fordere euch daher auf zu gehen.«

Keine Ahnung, was Georg dazu verleitet zu sagen: »Und was, wenn nicht?«

Sascha nickte Dimitrij zu, und der platzierte sich vor Georg mit verschränkten Armen. Der zuckte kurz und musterte sein Gegenüber von oben bis unten und wieder zurück. Verängstigt wirkte er dabei aber nicht.

»Ui«, sagte er. »Echt cooler Body.«

In Dimitrijs Gesicht war ebenfalls ein kurzes Zucken zu bemerken, aber dann straffte er die Schultern und baute sich wieder bedrohlich vor ihm auf. Doch Georg schien sich im Gegensatz zu mir nicht einschüchtern zu lassen.

»Denk nicht mal dran«, sagte er. »Wir haben eine Melanie, und die macht dich fertig.«

Die Angesprochene ging zu Georg und klopfte ihm auf die Schulter. »Jetzt übertreib es nicht. Komm, lasst uns gehen.«

Wenn selbst unsere Geheimwaffe aufgab, konnten wir nichts mehr tun. Ich winkte Paul zu. »Komm, sie hat recht. Lasst uns gehen.«

Paul sah zu mir, zu Sascha und zurück und entschloss

sich dann, meiner Aufforderung zu folgen. »Na gut. Für den Moment ziehen wir uns zurück. Aber ich werde mit Vanessa sprechen.«

Sascha sah ihn an. »Solange Vanessa nicht möchte, wirst du das nicht.«

»Arschloch!« Paul drehte sich zum Gehen und zeigte Sascha zum Abschied den Mittelfinger. »Lasst uns gehen.«

Wir schlossen uns ihm an und gingen durch das Gartentürchen zurück zum Strand, verfolgt von Saschas und Dimitrijs Blicken. Ich musste mich zwingen, mich nicht nochmal umzudrehen und Saschas Blick zu suchen. *Spinn nicht rum*, ermahnte ich mich in Gedanken. Wir schwiegen, bis wir aus ihrer Sichtweite verschwunden waren. »Das ist ja super gelaufen«, stellte Georg fest. »Was machen wir denn jetzt?« Er sah mich an. Warum sah er mich an? Ich hatte auch keine Ahnung, was wir noch tun sollten. Paul machte einen Schritt vor uns und hielt mich auf. »Wir dürfen nicht aufgeben. Ich muss mit Vanessa sprechen. Ich liebe sie doch.«

Wieder schluchzte er auf, und mein Herz wurde schwer. Dieses Liebesding war wirklich ätzend. Wenn ich Geschichten von Lady Daphne und Lord Huddleston schrieb, war das fern und imaginär. Jetzt stand da so ein verliebter Trottel gleich vor mir, und ich musste irgendetwas tun. Dabei wollte ich einfach ein paar schöne Tage an der Ostsee verbringen und dann nach Hause fahren. Stattdessen sagte ich: »Keine Sorge, wir kümmern uns darum, dass du Vanessa heiraten kannst.«

XI

»Vielleicht machen wir uns einfach ein paar schöne Tage an der Ostsee.« Wir saßen um einen Tisch an der Strandpromenade, der zu einem Fischrestaurant gehörte, und ich hatte es jetzt doch gesagt. Ich musste es einfach versuchen. Jeder in der Runde schreckte aus seinen Gedanken auf und sah mich mit mehr oder weniger erkennbaren Unverständnis an.

»Wie kannst du nur so herzlos sein?«, protestierte Paul. »Vorhin hast du noch gesagt, dass du mir helfen wirst.«

»Ja, wie kannst du so etwas sagen?«, schloss sich Georg an.

»Jetzt hört doch auf, über mich herzufallen. Ihr habt doch auch keine Idee, was wir noch machen könnten.«

»Aber wir geben nicht so schnell auf«, antwortete Georg.

»Ist ja schon gut.« Ich blätterte lustlos in der Speisekarte. Melanie legte ihre Karte auf den Tisch. »Warum schickst du Vanessa nicht einfach eine Nachricht?«, wandte sie sich an Paul. Der sah sie mit großen Augen an. Melanie erläuterte weiter. »Jetzt weiß sie doch sowieso, dass wir hier sind. Wenn sie dich wirklich nicht sehen will, dann kann sie dir das auch schreiben. Dann wissen wir wenigstens, woran wir sind.«

Wir alle sahen sie mit offenen Mündern an. »Was ist?«, fragte sie.

»Meine liebe Melanie«, stellte ich fest. »Du überraschst mich immer mehr.«
»Ja, tolle Tritttechnik«, ergänzte Georg.
»Gekonnt ist gekonnt«, erwiderte sie und lächelte.
»Ja, Paul, schreib deiner Angebeteten eine Nachricht«, forderte ich ihn auf. Er zog sein Smartphone hervor und begann zu tippen.
»Hattet ihr auch den Eindruck, dass Sascha es war, der nicht wollte, dass Paul und Vanessa sich sehen?«, fragte ich in die Runde, während wir darauf warteten, dass Pauls Handy durch ein Ping eine Antwort ankündigte. Georg zuckte mit den Schultern. Sonst reagierte niemand auf meine Frage.

Der Kellner kam an unseren Tisch und wir bestellten Getränke und Essen. Pauls Handy blieb derweil stumm.

Wir hatten bereits die abschließenden Kaffees getrunken und wollten gerade die Rechnung ordern, als das Smartphone sich endlich meldete. Hastig griff Paul danach und strich über den Bildschirm.
»Nun sag schon«, drückte Georg unsere Neugier aus. Paul las die Nachricht und sah dann bedeutungsschwanger in die Runde. »Sie liebt mich«, hauchte er.
»Okay«, hakte Georg nach. »Warum will sie dich dann nicht sehen?«
»Du hattest recht«, sagte Paul in meine Richtung. »Sascha hat sie daran gehindert, zu uns zu kommen. Er

meint, ich würde seiner Schwester nur weh tun.«
»Kann sie denn nicht einfach zu uns kommen?«, fragte Melanie, die als einzige von uns anscheinend immer einen klaren Kopf behielt. Paul tippte eine weitere Nachricht in sein Handy, das umgehend eine Antwort meldete.
Paul schüttelte den Kopf. »Sascha und Dimitrij lassen sie nicht aus den Augen.«
»Aber irgendwann müssen sich doch mal aus dem Haus. Einkaufen, oder so«, überlegte ich.
»Ja«, nahm Melanie meinen Gedanken auf. »Frag sie, wann sie mal aus dem Haus gehen«, befahl sie Paul und der setzte dies sofort um.

Es dauerte auch nicht lange, bis das Handy die Antwort ankündigte. Paul strahlte, nachdem er sie gelesen hat. »Sie wird Sascha sagen, dass sie shoppen gehen möchte, und teilt mir dann mit, wann sie wo sein wird.«
»Das ist prima. Dann kannst du mit ihr reden, und wir können hier entspannt noch etwas Urlaub machen.« Vielleicht wurde mein Wunsch doch noch wahr.
»So einfach wird das nicht«, holte mich Paul aus meinen Träumen.
»Wieso nicht?«
»Sascha oder Dimitrij werden sie bestimmt begleiten.«
»Mist. Dann muss Melanie eben wieder ran.«
Melanie verzog das Gesicht. »Ihr könnt euch jetzt aber

nicht nur auf mich verlassen. Der Typ ist ziemlich gut. Das heute Morgen war eher ein Glückstreffer. Keine Ahnung, ob mir das nochmal gelingt. Und überhaupt, was machen wir, wenn Sascha sie begleitet? Soll ich den auch niederschlagen?«

»Für Sascha ist doch Amanda zuständig«, meldete sich Georg zu Wort.

»Oh, nein. Das Thema ist durch. Habt ihr doch gesehen.«, stöhnte ich auf, und alle sahen mich verständnislos an.

»Es muss aber sein«, stellte Paul fest.

»Wie stellt ihr euch das denn vor? Was soll ich eurer Meinung nach tun, wenn er bei Vanessa ist?«

Georg legte sanft seine Hand auf meine Schulter. »Flirten, mein Schatz. Flirten.« Alle lachten und ich spürte, wie mir das Blut ins Gesicht schoss.

»Hast du nichts Schickes eingepackt?« Melanie wühlte durch meine Sachen und schmiss ein Kleidungsstück nach dem anderen auf mein Bett. »Es war nicht viel Zeit und ich wusste ja nicht, dass ich mich hier ausstaffieren muss.«

Vanessa hatte Paul mitgeteilt, wann sie auf der Promenade erscheinen würde, und nun hieß es, sich auf die verschiedenen Eventualitäten vorzubereiten. Ich sollte sexy aussehen, hatte Georg gesagt, damit ich im Falle des Falles Sascha ablenken könne. Ich hatte noch nie gewusst, wie ich anziehend auf Männer wirken sollte. Die Frauen, denen es einfach in der Natur lag, Männer mit nur einem Blick sämtlicher Sinne zu berauben, hatte ich stets bewundert. Ich konnte das nicht. Ich war immer das Pummelchen, über das bestenfalls gelacht wurde. Die wenigen Männer, die sich für mich interessierten, waren entweder ebenfalls Außenseiter und wussten, dass sie bei den anderen Frauen nie eine Chance hatten, oder sie waren auf das Geld meiner Eltern aus. Na gut, Sascha und ich hatten miteinander geschlafen. Soweit ich mich erinnere, war es sogar recht schön gewesen. Aber da waren wir betrunken. Ich wusste ja nicht mal mehr, wie wir ins Bett gekommen waren. Sicherlich betrachtete mich Sascha lediglich als eine Art witzige Episode in der langen Reihe seiner Eroberungen. Er hatte mit der erfolgreichen Liebesromanautorin gebumst. Und das, nachdem er sie gewaltsam entführt hatte. Da konnte er sicher eine Kerbe in seine Bettkante machen oder so.

»Ich kann das nicht!« Ich schmiss das T-Shirt, das mir Melanie hinhielt, zurück auf mein Bett.

»Was kannst du nicht?«, fragte sie erstaunt.

»Sascha anflirten, oder was immer ihr euch da so vorstellt. Kann ich nicht. Vergesst es.« Ich verschränkte die Arme vor meiner Brust.

»Warum denn nicht? Er ist doch ganz süß.«

»Er hat mich entführt!«
»Okay, das war nicht so doll. Aber gib es zu, die bösen Jungs reizen doch umso mehr.« Sie grinste.
»Da reizt gar nichts.«
Melanie musterte mich. »Das glaube ich nicht, meine Liebe.«
»Kannst du aber ruhig.«
»Ich habe doch gesehen, wie du ihn angesehen hast.«
»Ach, wie habe ich ihn denn angesehen?«
»Angehimmelt hast du ihn.«
»Du hast sie nicht mehr alle.« Ich stampfte wütend auf.
Melanie lachte. »Warum regst du dich so auf. Er ist heiß. Ich himmele ihn auch ein wenig an.«
»Dann geh du doch auf die Promenade und lenk ihn ab.«
»Aber für mich interessiert er sich nun mal nicht.«
»Aber für mich?« Ich verdrehte die Augen.
»Ja, und wie.«
»Das ist Blödsinn. Ich bin für ihn höchstens eine Trophäe.«
Melanie machte einen Schritt auf mich zu, fasste mich mit beiden Händen an die Schulter und rüttelte mich leicht. »Nun hör mir mal zu. Ich kann verstehen, dass du Angst hast. Aber ich weiß, was ich gesehen habe. Ich erinnere mich daran, wie wir letzte Woche in die Hochzeit geplatzt sind. Erinnerst du dich auch?« Ich nickte

und Melanie fuhr fort. »Da stand Sascha doch gleich neben dir, nicht wahr?« Wieder nickte ich. »Ja, und?«
»Erinnerst du dich, was er tat, als wir mit der Polizei ankamen?«
»Keine Ahnung, was soll er gemacht haben? Er wird dumm geguckt haben.«
»Du bist das Dummerchen. Er hat deine Hand gehalten. Macht man so etwas mit einer Trophäe für eine Nacht? Wenn die Welt zusammenzubrechen droht? Greift man dann nach ihrer Hand?« Sie sah mir in die Augen, und ich versuchte, ihr auszuweichen. Es gelang mir nicht. Sie hatte recht. Ich erinnerte mich genau. Ich spürte sogar noch seine Hand an meiner. »Ach, Blödsinn«, sagte ich, aber fühlte, dass ich es selbst nicht glaubte. »Aber wenn du wirklich meinst, es würde was bringen, dann ziehe ich mich eben irgendwie nett an.« Melanie lächelte, ließ mich los und hielt mir erneut das T-Shirt hin. »Versuch das. Der Ausschnitt sollte genügen.«

»Mehr ging nicht?« Georg musterte mich von oben bis unten, als Melanie und ich aus dem Hotel kamen und auf ihn und Paul trafen. »Jetzt hör mal!«, protestierte ich und Georg erhob abwehrend die Hand. »Ist ja schon gut. Ich weiß ja, du hast es nicht so mit sexy.«
»Können wir jetzt gehen und es hinter uns bringen?«, fragte ich in die Runde, und wir setzten uns in Bewegung.

Wir gingen schweigend nebeneinander, bis Paul stoppte. »Wie wollen wir eigentlich vorgehen?« Wir sahen ihn an und er führte seine Gedanken weiter aus. »Ich meine, verstecken wir uns irgendwo und springen aus den Büschen, oder wie?«

Melanie schüttelte den Kopf. »Ganz einfach. Du schreibst deiner Angebeteten, sie soll uns sagen, in welches Geschäft sie gehen, und dann tauchen wir dort auf.« Sie klopfte ihm auf die Schulter und ging weiter. Wir folgten ihr. »Sie wird mir immer unheimlicher«, flüsterte Georg mir zu.

»Ist doch gut, dass wenigstens eine weiß, was zu tun ist«, erwiderte ich.

Paul tippte in sein Handy und berichtete uns, was Vanessa geantwortet hatte. »Sie kommen von der anderen Seite«, berichtete er. »Sie möchte nach einer Handtasche sehen, und es soll ein Geschäft etwa in der Mitte der Promenade sein.«

»Okay, dann los. Wir sollten dort sein, bevor sie kommen. Sag ihr, sie soll sich Zeit lassen.« Melanie winkte, dass wir ihr folgen sollten. Sie ging sehr schnell voraus, und einige Passanten musterten uns schon, weil wir es anscheinend so eilig hatten. Niemand hetzte sonst über eine Strandpromenade. Dabei starrten wir alle nervös in alle Richtungen. Schließlich sollten die Kolesnikows uns nicht entdecken.

»Da ist es.« Melanie zeigte auf ein Geschäft, vor dem ein Ständer mit Handtaschen aufgebaut war. Von Vanessa und ihren Begleitern war nichts zu sehen. Wir folgten Melanie in den Laden. Er war nicht sehr groß, und Vanessas Bewacher würden uns sicher gleich sichten, wenn sie hereinkämen. Wir versuchten, uns soweit wie möglich in die hinteren Bereiche des Geschäftes zu postieren. Die Verkäuferin war eine ältere Dame mit hochtoupierter Frisur in gräulichem Blond. Sie kam auf mich zu. »Kann ich Ihnen helfen?«
»Oh, ich wollte mich nur einmal umsehen.«
Sie nickte und lächelte. »Ich bin hier, wenn Sie eine Frage haben.«
»Danke.« Ich setzte ebenfalls ein Lächeln auf, während ich im Augenwinkel die Tür beobachtete.

Melanie hatte sich direkt am Eingang aufgebaut. »Sie kommen«, zischte sie und kam zu uns in den hinteren Bereich. Die Verkäuferin sah irritiert zu ihr und dann zu uns. Ich sandte ihr ein erneutes Lächeln, war mir aber nicht sicher, ob dies die erwünschte beruhigende Wirkung erzielte.

Die Tür zum Geschäft öffnete sich, und Dimitrij erschien. Der bullige Kerl wirkte hier drin wie der sprichwörtliche Elefant im Porzellanladen. Er sah mir direkt in die Augen und wollte Vanessa festhalten, die hinter ihm ins Geschäft kam. Aber die hatte Paul schon

gesehen, stürzte auf ihn zu und fiel ihm um den Hals. »Ach, Liebling, ich habe dich so vermisst.« Sie küssten sich innig.
In der Tür stand Sascha und versuchte zu verstehen, was gerade geschah. Georg gab mir einen Schubs. »Du bist dran«, raunte er mir zu. Ich stolperte Richtung Tür und wäre fast mit Dimitrij kollidiert, der sich durch die Taschenständer auf Vanessa zu bewegte. Melanie sprang ihm von der Seite in den Weg. »Lass sie!«, befahl sie, und der Russe musterte sie.
»Was soll das?«, fragte er.
»Wir bringen zwei Liebende zusammen«, antwortete Melanie ruhig. »Das ist unsere Mission.«
Georg postierte sich neben sie. »Jawohl!«

Ich war unterdessen bei Sascha angelangt. »Ich habe mich gleich gewundert, wieso meine Schwester so plötzlich shoppen gehen wollte. Das habt ihr ja schön eingefädelt«, stellte er fest.
»Ja, nicht?«, erwiderte ich stolz.
»Aber jetzt ist genug.« Er machte eine Bewegung auf das Pärchen zu, aber ich stellte mich ihm in den Weg. »Lass sie doch. Sie lieben sich.«
»Was weißt du schon? Du glaubst doch nicht an die Liebe.«
»Na ja, sie zieht es immerhin trotz diverser Hindernisse zueinander. Muss man irgendwie würdigen.«

Er sah mich an. »Das kann doch nicht gut gehen.«
»Warum denn nicht?«
»Du kennst meine Schwester nicht so wie ich.«
»Was ist schon ohne Risiko?«

Ich zuckte zusammen, als mit einem Scheppern unweit von uns ein Ständer mit Taschen umkippte. Melanie stand daneben wieder in ihrer Kampfhaltung, und Georg hatte sich hinter ein Regal geflüchtet. Dimitrijs Blick zeigte, dass ihm die Situation nicht gefiel, und die Verkäuferin beobachtete mit angsterfülltem Gesichtsausdruck die Situation.
»Pfeif deinen Gorilla zurück!«, forderte ich Sascha auf. Der nickte und machte einen Schritt auf das Epizentrum zu. »Mitja, lass es gut sein.«
Dimitrij knurrte und sandte Melanie einen Blick, der alleine genügte, um jemanden aus den Schuhen zu hauen. Georg traute sich aus seiner Deckung hervor und klopfte ihr auf die Schulter. »Starkes Mädel«, konstatierte er und drehte sich dann zu dem Bodyguard, der beide immer noch konzentriert beobachtete. »Du bist aber auch ein starker Bursche«, flötete er fast, und ich hätte schwören können, dass Dimitrij leicht errötete und ein kurzes Lächeln über sein Gesicht huschte.

Währenddessen hatte sich unser Liebespaar etwas voneinander gelöst und nahm nun wieder die Welt um

es herum wahr. Vanessa ging zu Sascha und zog Paul hinter sich her. »Du wirst uns nicht mehr auseinanderbringen«, bestimmte sie, so energisch sie konnte. Sascha musterte die beiden. »Hast du dir das gut überlegt?«
»Ja, habe ich.« Sie richtete sich noch etwas mehr auf, als sie dies sagte.
»Du weißt, er hat nichts. Keine Ahnung, ob er je einen Job kriegen wird. Seit dem Debakel bei der Hochzeit kannst du von Vater nichts mehr erwarten. Du hast seinen Ruf geschädigt. Ihr müsst also alleine klarkommen.«
Seine Schwester blickte ihm entschlossen entgegen und Paul nahm sie in den Arm. »Wir schaffen das«, sagte er, und Vanessa nickte, obwohl das Zucken in ihrem Gesicht zeigte, dass da auch Zweifel in ihr waren.

»Wow«, hörten wir von dort, wo Dimitrij, Georg und Melanie standen. Georg drückte auf Dimitrijs Arm herum und bewunderte dessen Muskeln, die dieser stolz präsentierte. Hinter ihnen wimmerte eine ängstliche Verkäuferin. »Gehen Sie jetzt?«
Dimitrij und seine Fans drehten sich zu ihr. »Tun Sie mir nichts!«, jaulte sie auf. »Ich habe die Polizei gerufen. Die wird gleich eintreffen.«
Erschrocken sahen wir uns an. »Wir sollten gehen«, stellte Melanie nüchtern fest. Doch als ich mich zur Tür drehte, standen dort bereits zwei Beamte in blauen Uni-

formen. Die Verkäuferin rannte auf sie zu. »Nehmen Sie sie fest. Sie haben in meinem Laden randaliert, und die Frau haben sie festgehalten.« Sie zeigte auf Vanessa.
»Das sind die Anführer«, behauptete die immer hysterisch werdende Verkäuferin und zeigte auf Sascha und mich.

XII

Wir saßen einem Kommissar gegenüber, der auf seiner Tatstatur herumtippte und auf den Bildschirm starrte. Einige Male ließ er ein Oh verlauten oder kratzte sich irritiert an der Stirn. Schließlich wandte es sich uns zu.

»Wie ich sehe, läuft gegen Sie ein Verfahren wegen Freiheitsberaubung«, sagte er, an Sascha gerichtet. Der nickte zaghaft.

»Das ist kein Kavaliersdelikt«, fügte der Beamte an.

»Wenn ich das erläutern dürfte«, mischte ich mich ein, und der Kommissar sah mich an. »Haben Sie auch etwas damit zu tun?«

»Kann man so sagen«, erwiderte ich. »Ich bin das Entführungsopfer.«

Der Polizist ließ sich in seinen Stuhl zurückfallen. »Was soll das heißen?«

»Na ja, ich bin die, die entführt wurde.«

Er lehnte sich wieder vor zu mir. »Und jetzt sind Sie mit Ihrem Entführer hier und randalieren in einem Geschäft? Sind Sie freiwillig hier?«

Ich wedelte mit der Hand. »Ja, absolut. Sascha hat nichts damit zu tun. Er wollte nicht einmal, dass ich herkomme.«

Sascha drehte sich zu mir. »Das kannst du laut sagen.«

»Moment mal«, protestierte der Beamte. »Sie wollen mich hier verarschen?«

»Nein, nein«, widersprach ich energisch. »Das würde uns nicht im Traum einfallen, nicht wahr?« Ich sah Sascha an und forderte ihn mit meinem Blick auf, mich zu unterstützen. Er reagierte. »Nein, wir wollen Sie nicht verarschen.«
Der Kommissar sah von ihm zu mir und zurück. Dann schüttelte er den Kopf. »Die Ladenbesitzerin hat keine Anzeige erstattet, und ich bin mir sicher, ich möchte Ihre Geschichte nicht hören. Sollen sich die Kollegen damit herumschlagen. Machen Sie, dass Sie wegkommen.« Er winkte Richtung Ausgang.
»Heißt das, wir können gehen?«, hakte ich nach.
»Ja, hauen Sie ab!«
Ich stupste Sascha an. Wir erhoben uns vorsichtig, immer noch damit rechnend, dass man uns doch noch festhielt. Aber als dies nicht geschah, beeilten wir uns, die Wache zu verlassen.

»Ist ja nochmal gutgegangen«, wandte ich mich an Sascha, der mich freundlich ansah.
»Du hast mich verteidigt«, sagte er, und sein Lächeln wurde zu einem Grinsen.
»Hab ich gar nicht. Ich habe uns verteidigt. Das ist ein Unterschied.«
»Der Kommissar hatte aber nur mich auf dem Kieker. Du hättest auch einfach deinen Mund halten können. Hast du aber nicht.«

»Quatsch. Bild dir mal nichts ein.«
Er sah mich durchdringend an. »Du hast mich verteidigt. Du magst mich«, sagte er mit einem triumphierenden Unterton.
»Idiot«, schimpfte ich, aber Sascha grinste nur noch mehr.
Glücklicherweise kamen Georg, Melanie, Dimitrij, Vanessa und Paul auf uns zu.

»Gott sei Dank, sie haben euch gehen lassen.« Georg fiel mir um den Hals.
»Sie hat mich verteidigt«, sagte Sascha zu ihm, und Georg sah mich an. »Echt?«
»Lass dir keinen Quatsch erzählen. Ich habe uns verteidigt.« Ich schüttelte ungehalten den Kopf. »Wie geht es unseren Turteltäubchen?«
»Ziel erreicht«, meinte Melanie und zeigte auf Vanessa und Paul, die eng umschlungen etwas abseits standen.
Sascha knurrte. »Ob ihr ihnen damit einen Gefallen getan habt, bleibt dahingestellt.«
Vanessa löste sich von Paul und machte einen Schritt auf Sascha zu. Sie sah ihn wütend an. »Kannst du dich nicht endlich mal aus meinem Leben heraushalten? Als ob du wüsstest, was gut für mich ist.«
Er drehte sich zu seiner Schwester. »Und ob ich das weiß. Wie oft musste ich dir denn schon zu Hilfe eilen, weil du mal wieder irgendeinen Blödsinn angestellt

hattest? Unser Vater …«

»Jetzt komm mir nicht mit Vater«, fiel ihm Vanessa ins Wort. »Der denkt doch nur an sein Geschäft. Dem sind wir doch scheißegal.«

Sascha setzte zu einem Protest an, doch ich machte einen Schritt zwischen die beiden. »Hört doch auf, euch zu streiten. Sascha, ich kann deine Schwester gut verstehen. Wenn die Familie einfach nicht akzeptiert, was man möchte, dann ist das eine Qual.«

Sascha funkelte mich an. »Das geht dich nichts an.«

Jetzt war es an mir, böse zu werden. »Ach, nee? Jetzt auf einmal. Zuerst zieht mich deine Familie mit roher Gewalt ins Geschehen, dann muss ich deine eigene Schwester aus deinen Fängen befreien, und nun soll mich das alles nichts angehen? Du hast echt noch nicht mitgekriegt, was die Uhr geschlagen hat. Komm mal runter und mach die Augen auf!«

Sascha verzog das Gesicht und blieb stumm. Vanessa ging zu Paul, drehte sich dann aber noch einmal zu mir. »Du bist die erste Frau, die meinen Bruder verstummen lässt«, sagte sie grinsend. Ich wusste nicht, was ich erwidern sollte und sah nur zu Sascha. »Pah«, sagte der nur.

»Ist es nicht schön? Überall nur Liebe«, flötete Georg und stupste Dimitrij an, der ihn irritiert ansah.

»Liebe. So ein Quatsch. Wird total überschätzt«, knurrte

zu meiner Überraschung Sascha. Ich sah ihn mit halboffenem Mund an. »Ich dachte immer, du würdest an die Liebe glauben?«
»Wieso? Tust du doch auch nicht.«
»Okay, bei mir funktioniert das mit der Liebe nicht. Aber bei dir ist das was anderes.«
Er sah mich an. »Ach ja? Warum sollte es bei mir anders sein?«
»Na, sieh dich doch mal an.«
Er sah an sich herunter. »Was ist mit mir?«
»Du siehst gut aus. Ich bin dagegen immer nur das Pummelchen, das nichts schafft.«
Er schüttelte den Kopf. »Du hast sie nicht mehr alle.« Dann grinste er. »Du findest, ich sehe gut aus?«
»Bild dir mal nichts ein. War nur metaphorisch gemeint.« Metaphorisch? Was redete ich für einen Blödsinn?
Sascha lachte laut auf. »Metaphorisch? Was soll das denn heißen? Du magst mich und findest, dass ich gut aussehe. Kannst du ruhig zugeben.«
Ich sandte ihm den missbilligendsten Gesichtsausdruck, den ich hinkriegen konnte. »Spinner.«

Melanie unterbrach unseren Disput. »Georg und ich haben beschlossen, noch nett irgendwo essen zu gehen und morgen wieder zurückzufahren.«
Georg drehte sich zu Dimitrij, der schweigend am Rand

stand. »Kommst du auch mit?«
Dimitrij drehte sich zu ihm, und es war ihm deutlich anzusehen, dass er überlegte. Er sandte Sascha einen fragenden Blick. Der nickte zurück und Dimitrij knurrte ein kurzes Okay als Bestätigung.
»Prima«, fand Georg. »Und ihr?«, fragte er in unsere Richtung.
»Ich weiß nicht. Ich denke, ich gehe gleich ins Hotel. War ein anstrengender Tag.« Ich musterte Sascha.
»Ich bin auch raus«, sagte er.
»So, so«, raunte Georg und grinste. »Was ist mit den Turteltäubchen?«
Paul schreckte auf und wurde leicht rot. »Oh, geht ruhig. Wir haben noch einiges zu besprechen.« Er sah zu Vanessa, die nickte.
»Na, dann.« Georg zuckte mit den Achseln.
»Na, dann«, erwiderte ich. »Dann einen schönen Abend.« Ich drehte mich zum Gehen.
»Ach, ihr geht nicht zusammen?«, fragte Georg und sah von Sascha zu mir. Ich verzog das Gesicht. »Warum sollten wir?« Ich lächelte Sascha zu, um ihn zu einer Bestätigung zu bewegen. »Genau. Warum sollten wir?«, sagte er, aber es klang irgendwie nicht überzeugend. Georg schüttelte den Kopf. »Vielleicht sollten wir euch mal als nächstes Projekt angehen.«
»Hä?« Ich verstand nicht, was er meinte. Er winkte ab.

»Lass nur. Gute Nacht.«
Winkend verabschiedeten wir uns und gingen in die verschiedenen Richtungen. Ich atmete tief durch. Morgen würde ich endlich wieder zu Hause sein und mein geruhsames Leben leben können. Ich hatte genug von diesen Turbulenzen. Ich müsste nur noch meine Eltern davon überzeugen.

Doch wenn ich gedacht hatte, ich würde zur Ruhe kommen, so hatte ich mich getäuscht. In der Nacht wälzte ich mich nur hin und her. Immer, wenn ich meinte, endlich einzuschlafen, erschien mir Sascha im Traum und wollte mich entführen. Mehrmals schrak ich schweißgebadet auf, weil ich in einen dunklen Kerker, der nach Wein roch, gesteckt wurde. Jetzt lag ich auf dem Rücken und starrte auf die Zimmerdecke. Was hatte ich in den letzten Wochen nicht alles erlebt! Weit mehr als in all den Jahren zuvor. Mein normales Leben bestand aus dem morgendlichen Schreiben, gelegentlich mal ins Kino gehen mit Georg, und das war es weitestgehend. Okay, da waren noch die regelmäßigen Anrufe meiner Mutter, die mich ermahnte, doch endlich etwas aus meinem Leben zu machen. Darauf konnte ich gut verzichten. Wenn ich es so überdachte, war mein Leben generell nicht so erstrebenswert. Na gut, ich erreichte viele Leserinnen und bescherte ihnen glückliche Stunden. Die unzähligen Begeisterungsbekundungen, die mich in den sozialen Medien erreichten, waren sehr schön. Aber sie waren an Abigail gerichtet. Sie galten einer Kunstfigur. Mit Amanda hatten sie nichts zu tun.

Ich drehte mich auf die Seite und betrachtete die leuchtenden Ziffern des Radioweckers. Nun lag ich in einem Hotel an der Ostsee. Ich hatte ein echtes Liebespaar zusammengebracht. Nicht in meiner Fantasie, sondern im realen Leben. Amanda hatte das getan, und es fühlte sich großartig an. Ich schloss die Augen.

XIII

»Amanda, das ist eine gute Idee von deinem Vater.« Meine Mutter stand vor mir, hatte die Arme in die Seiten gestemmt und wartete darauf, dass ich nachgeben würde. Ich kämpfte mit mir. Vaters Vorschlag, mir einen Posten in der Firma zu geben, damit ich in die Verantwortung hineinwachsen könnte, schwirrte mir durch den Kopf. Vielleicht war es an der Zeit, endlich der Realität ins Gesicht zu sehen. Mein Leben war bisher nicht so toll verlaufen. Es war vor allen Dingen einsam. Nur zu Hause zu sitzen, vor sich hinzuschreiben und den wesentlichen Kontakt mit der Außenwelt nur via Internet zu pflegen, war wirklich kein guter Zukunftsplan. Drei Monate waren vergangen seit meiner Entführung und dem anschließenden Ostseeabenteuer. Krampfhaft hatte ich versucht, wieder mein gewohntes Leben zu leben, aber es gelang mir einfach nicht. Schließlich hatte ich eingewilligt, doch einfach mal ein paar Wochen in die Firma hineinzuschnuppern. Vier Wochen waren es nun, die meinen Vater anscheinend von meinen Fähigkeiten überzeugt hatten. So war es zu seinem Vorschlag gekommen, der mich nun zu einer Entscheidung zwang. Ich versuchte, mir die vergangenen Wochen in Erinnerung zu rufen. Es war okay in der Firma. Die Kollegen waren nett. Ich hatte auch das Gefühl, meine Aufgaben ganz gut erfüllen zu können. Doch etwas hatte gefehlt. Etwas, das ich jedes Mal fühlte, wenn ich ein neues Buch beendete. Dieses tiefe Gefühl der Zufriedenheit. Ja, es war vielleicht sogar so etwas wie Glück, das ich in diesen Momenten empfand. Ich konnte mich nicht erinnern, dieses Glücksgefühl in der Firma erlebt zu haben. Mit einem Mal war es mir völlig klar. Ich liebte es, meine Bücher zu schreiben. Ich liebte es, wenn Fans mir berichteten, wie sehr ihnen meine Geschichten gefielen. Dies würde ich nie aufgeben wollen.

Meine Mutter schien zu ahnen, woran ich gerade dachte. »Du kannst auch ab und zu eine deiner Schnulzen schreiben, wenn du in der Firma arbeitest.«
Ich schreckte aus meinen Gedanken auf und sah sie an. Hatte sie gerade Schnulzen gesagt? »Du magst meine Geschichten Schnulzen nennen, aber sie geben vielen Menschen unterhaltsame Stunden.«
Meine Mutter zuckte mit der Schulter und wollte etwas sagen, aber ich kam ihr zuvor.
»Diese Geschichten bedeuten mir etwas. Meine Fans bedeuten mir etwas. Wenn du das nicht akzeptierst, akzeptierst du mich nicht.«
Ich wollte mit großer Geste meine Jacke greifen und mit hocherhobenem Haupt gehen, doch ich konnte meine Jacke nicht finden. Sie hing wohl an der Garderobe. »Sag Vater, er kann den Job anderweitig vergeben. Ich

werde nicht in die Firma einsteigen.«
Ich verließ das elterliche Haus. Draußen vor dem Haus kühlten sich meine Gedanken ab. Ich würde zwar weiter Schriftstellerin sein wollen, aber etwas musste sich dennoch in meinem Leben ändern. Allerdings hatte ich keine Ahnung, ob und vor allen Dingen, wie dies jemals möglich sein könnte.

Melanie sah mich überrascht an, als ich das Bistro betrat. Sie kam auf mich zu und umarmte mich. »Du hast dich ja ganz schön rar gemacht.« Sie sah auf die Uhr. »Musst du nicht arbeiten?«
Ich schüttelte den Kopf. »Ich habe gekündigt.«
»Oh.« Melanie löste sich von mir und machte den Weg frei, sodass ich zu meinem Stammplatz gehen konnte. Sie folgte mir. »Das wird deinen Vater aber nicht glücklich gemacht haben.«
»Kann schon sein. Ist mir egal.« Ich setzte mich. »Ich brauche jetzt dringend einen Assam.«
Melanie lachte. »Klar. Kommt sofort.«

»Hast du etwas von Georg gehört?«, fragte ich sie, als sie mir den Tee hinstellte.
Sie verzog das Gesicht. »Ja, also, äh …«
»Was soll das heißen?«, hakte ich nach.
»Hat er sich nicht bei dir gemeldet?«
»Nein, hat er nicht. Ich dachte, es läge daran, dass er meine Eltern nicht leiden kann. Was ist denn mit ihm?

Geht es ihm gut?«
»Doch, ja, das kann man sicher so sagen«, murmelte Melanie und betrachtete ihre Fingerspitzen.
»Jetzt lass dir doch nicht alles aus der Nase ziehen. Was ist denn nun mit ihm?«
Melanie sah von den Fingerspitzen auf. »Er ist verliebt.«
Ich musste lachen. »Ach, das ist doch nun wirklich nichts Besonderes. Das kommt bei ihm alle paar Wochen vor. Wer ist es denn diesmal?«
»Dieses Mal ist es wohl was Ernstes.«
»Na, das ist doch schön. Freut mich für ihn. Was ist daran so schwer zu sagen?«
Melanie zögerte. »Es ist, weil du ihn kennst.«
»Und ob ich Georg kenne.« Ich lachte.
»Nein, das meine ich nicht. Ich meine, du kennst den, in den er sich verliebt hat.«
Jetzt war es an mir, verwirrt zu gucken. »Ach ja? Wer ist es denn?«
»Du musst mir versprechen, nicht auszuflippen.«
»Warum sollte ich ausflippen? Ich flippe nie aus.«
Melanie atmete tief ein. »Es ist Dimitrij.«
Ich war mir nicht sicher, ob ich den Namen richtig verstanden hatte. Dimitrij? Hatte sie Dimitrij gesagt? Ich lachte auf.
»Ich hab jetzt echt Dimitrij verstanden.« Noch einmal lachte ich. »Du meinst aber nicht den Bodyguard und

wahrscheinlichen Profikiller Dimitrij, oder?«
Melanie fixierte mich und nickte vorsichtig. Ich konnte gerade noch die Teetasse absetzen, bevor mir die Sinne schwanden und ich sie hätte fallen lassen.
»Das kann doch nicht dein Ernst sein«, stammelte ich.
Sie nickte wieder nur. »Du wolltest nicht ausflippen.«
Ich starrte sie mit offenem Mund an. Sie verzog das Gesicht zu einem kurzen Lächeln. »Er ist eigentlich ein ganz netter Kerl.«
Ich richtete mich auf. »Wie, kennst du ihn jetzt auch schon näher?«
»Ja, die beiden kommen öfter vorbei und schmieden Pläne.«
»Pläne? Sie schmieden Pläne?«
»Ja, wusstest du, das Mitja ein toller Koch ist?« Ich schüttelte schwach den Kopf und Melanie schien angespornt zu sein, mir mehr zu erzählen. »Ja, er ist ja bei seinen Aufträgen überall in der Welt herumgekommen und hat sich immer zeigen lassen, wie man dort kocht.«
»Du meinst bei seinen Mordaufträgen?«
»Nein, er ist kein Auftragskiller. Er war Söldner. Hat schon überall gekämpft.«
»Söldner kämpfen für Geld und bringen Menschen um.«
Melanie sah mich böse an. »Du musst dich mal von deinen Vorurteilen lösen. Wenn du Dimitrijs Lebens-

geschichte kennen würdest, würdest du es verstehen.«
»Und die Gefängnistattoos? Woher hat er die denn?«
Melanie schüttelte den Kopf. »Weiß ich nicht. Ich will gar nicht wissen, was er alles Schreckliches erlebt hat. Aber er ist ein netter Kerl, und Georg scheint glücklich mit ihm zu sein.«
Ich starrte auf die Tischplatte. »Okay, mag sein.« Ich nahm meine Teetasse. »Arbeitet er denn nicht mehr für die Kolesnikows?«
»Nein, er hat gekündigt. Gleich nach unserem Zusammentreffen an der Ostsee. Georg hat ihm die Augen geöffnet, wie er sagt. Ist das nicht romantisch?«
Ich nahm einen Schluck Tee. »Ja, total.«
Melanie klopfte mir auf die Schulter. »Du wirst dich schon noch daran gewöhnen.« Dann ging sie zur Theke.

Ich nippte an meinem Tee und versuchte, das Gehörte einzuordnen. Eine Liebe zwischen meinem Freund Georg und einem russischen Söldner. Das war absurd und doch wohl wahr.

Am nächsten Morgen klappte ich meinen Laptop auf und startete das Schreibprogramm. In der Nacht hatte ich mich hin und her gewälzt und darüber gegrübelt, wie es jetzt weitergehen sollte. Mir war klar, dass ich schreiben wollte. Aber es war ebenso unausweichlich, dass sich etwas ändern musste, denn ich hatte mich geändert. Da konnte ich nicht wie bisher weitermachen und Fantasiegeschichten von Lord Huddleston und Lady Daphne schreiben. Ich hatte in den vergangenen Monaten viel erlebt. Daraus könnte ich schöpfen und andere Geschichten schreiben. Wahrhaftige Geschichten. Geschichten mit echten Menschen. Ich begann, die Figuren zu skizzieren, und überlegte, wie sie sich verändern würden.

Ich hatte den ganzen Tag konzipiert, Ideen geboren und wieder verworfen. Es war längst Abend geworden, und ich betrachtete das Ergebnis. Ein wohliges Gefühl des Stolzes kam über mich. Ich war mir sicher, dies würde mein bestes Buch werden. Dann lächelte ich vor mich hin. Dachte ich das zu Beginn eines Projektes nicht immer?

Angestachelt von der Energie, die in mir brodelte, fasste ich einen Entschluss. Nicht nur meine Geschichten würden neu sein, auch mein Leben musste sich verändern. Es war an der Zeit, mein drängendstes Problem zu lösen. Ich wollte nicht mehr alleine sein. Warum sollte es nicht doch möglich sein, dass auch ich einen passenden Partner finden würde? »Ja, warum eigentlich nicht?«, machte ich mir selbst Mut und versuchte, die Gedanken an frühere Erfahrungen zu verdrängen. Trotzig tippte ich die Adresse einer Partnerbörse in meinen Browser.

»Finde ich gut«, bestätigte Melanie, als ich ihr beim Mittagessen am nächsten Tag von meinem Projekt Partnersuche erzählte. »Wird auch mal Zeit, dass du anfängst zu leben«, fügte sie an.
»Wieso? Lebe ich denn nicht?«
Melanie sah mich. »Nicht so richtig.«
»Lebt man nur richtig, wenn man einen Kerl um sich rum hat? Du hast doch auch keinen Freund.«
Melanie lachte auf. »Na ja, gelegentlich schon. Mehr oder weniger.«
Ich sah sie verwundert an. »Was soll das denn heißen?«
»Es törnt Männer ganz schön an, wenn du sie beim Training auf die Matte schmeißt. Da wollen sie dann anschließend beweisen, dass sie ganze Kerle sind.« Sie grinste.
Ich verstand nicht, was sie meinte, und mein Gesichtsausdruck schien dies zu zeigen. »Na, nach dem Training habe ich dann schon den einen oder anderen Kerl zu Hause. Du verstehst?«
»Oh.« Ich nickte heftig. »Und das genügt dir?«
»Vorerst, ja. Momentan habe ich keinen Bock auf Beziehung und das ganze Drumherum. Aber du bist da anders.«
»Wie kommst du darauf?«
»Ich kenne dich.« Sie lachte und ging zur Theke, während ich gedankenverloren an meinem Tee nippte.

Als sie später wieder zu mir kam, tippte sie auf mein Smartphone, das auf dem Tisch lag. »Und? Hast du schon Antworten von ein paar Typen bekommen?«
Ich sah von meiner Zeitung zu ihr hoch. »Jetzt schon? Glaube ich nicht.«
»Hast du denn noch nicht nachgesehen?«
Ich schüttelte den Kopf, und sie stemmte die Arme in die Taille. »Na, dann wird es aber Zeit.« Sie beugte sich zu mir hinunter und hielt mir mein Smartphone hin. »Jetzt guck schon.«
Zögerlich nahm ich ihr das Handy aus der Hand, tippte meinen PIN-Code ein und rief der App der Partnerbörse auf. Sogleich erschien die Mitteilung, dass neun Nachrichten auf mich warten würden. »Siehste«, sagte Melanie, als ich das Smartphone hochhielt. Sie wedelte mit der Hand, um mich dazu zu bewegen, die Nachrichten schnell zu öffnen. »Ich mach ja schon«, grummelte ich und tippte die erste Nachricht an. »*Hi, Beauty! Siehst toll aus. Schreib mir mal. Thomas*«, erschien. Melanie verzog das Gesicht und schüttelte den Kopf. »Weiter«, sagte sie und ich wischte zur nächsten Nachricht. »*Hallo, Abigail03! Dein Profil hat mir sehr gefallen und ich habe gleich ein paar Gemeinsamkeiten entdeckt. Ich suche eine liebe Partnerin, die mit mir in meinem Haus in Bad Lippspringe lebt. Ich würde sie auf Händen tragen. Ich freue mich auf deine Antwort, dein Hans-Günther. P.S. Lass*

dich nicht durch mein Alter abschrecken. Ich bin zwar 62, aber ich sehe viel jünger aus.« Ich schmiss das Handy auf den Tisch. »Warum tue ich mir so etwas an?«
Melanie tätschelte meine Schulter und hielt mir das Smartphone erneut hin. »Waren doch erst zwei. Man muss eben die Spreu vom Weizen trennen. Also, hopp, hopp, ruf die anderen Nachrichten auf.« Ich seufzte, nahm ihr widerwillig das Handy ab und strich über das Display, um die nächste Nachricht aufzurufen. Ich überflog sie kurz und strich dann weiter. »Hey«, protestierte Melanie. »Ich hab noch gar nicht gelesen.«
»War Mist«, befand ich, während ich bereits die nächste Mitteilung las. »Mist. Mist. Mist«, ich wischte von Nachricht zu Nachricht. »Habe ich doch gesagt. War eine blöde Idee.« Ich legte das Handy wieder auf den Tisch. Melanie runzelte die Stirn. »Gib nicht so schnell auf. Du bist ja gerade erst ein paar Stunden eingetragen. Da kommt schon noch etwas. Surf doch mal durch die Kerle. Vielleicht findest du ja was Passendes.«
Ich schüttelte den Kopf. »Nein, das mache ich nicht. Was soll ich denn da schreiben?« Wieder schüttelte ich den Kopf. »Nein, das kann ich nicht.«
Melanie lächelte nur. »Noch einen Tee?«
»Ja, gerne. Einen nehme ich noch, dann geht es zurück. Muss heute noch mein Schreibpensum vollmachen.«

Nachdem ich ein gutes Stück mit meinem Roman weitergekommen war, hatte ich mich vor den Fernseher gesetzt, aber der Film war langweilig. Ich schaltete den Fernseher wieder aus und blickte auf die Uhr. Es war noch viel zu früh, um ins Bett zu gehen. Ich betrachtete meinen Stapel ungelesener Bücher und las die Titel. Keiner sprang mich an. Ich griff wahllos eines der Bücher und blätterte es auf. Aber nach den ersten Zeilen schlug es gleich wieder zu, ohne zu wissen, was ich überhaupt gelesen hatte. Mein Blick fiel auf mein Smartphone, das mir durch Blinken zu verstehen gab, dass neue Nachrichten auf mich warteten. Ich entsperrte es. Dann tippte ich die erste Nachricht an. Sie waren alle in dem Tenor, den ich schon kannte. Ich wischte sie alle weg. Lustlos tippte ich in der App herum und öffnete die Partnervorschläge, die von angeblichen Experten für mich zusammengestellt worden waren. Keine Ahnung, was diese Experten zur Annahme gebracht hatte, dass diese Typen zu mir passen könnten. Ich zweifelte bei der Betrachtung sehr an deren Expertenstatus. Bis ich das Profil von Mephisto21 öffnete. Er lächelte mir auf seinem Foto entgegen. Er trug ein Hemd, das am Kragen offen stand. Dazu ein Sakko. Er wirkte locker und gleichzeitig gepflegt. Ich las seinen Steckbrief. Alter, Größe und Interessen passten. Bei ihm wäre es vielleicht angebracht, sich einmal zu melden. Ich zögerte und ließ meinen Finger über die Schaltfläche für eine neue Nachricht kreisen, als mein Handy ein Ping von sich gab und sich ein Fensterchen öffnete. »*Hallo, Abigail03, schön, dass du dir mein Profil ansiehst. Ich hoffe, es gefällt dir. Deines gefällt mir auf jeden Fall. Würde mich freuen, von dir zu hören. Daniel*«

Ich zuckte zusammen. Diese verdammte Technik. Nichts konnte man tun, ohne dass es irgendein System mitbekam. Ich wusste nicht, was ich machen sollte. Die Nachricht einfach wegklicken? Das war doch irgendwie unhöflich. Schließlich wusste er, dass ich mir sein Profil bereits angesehen hatte. Würde er dann nicht beleidigt sein? Ich wollte ihn nicht beleidigen. Er schien mir doch ganz nett zu sein. Mir bleib also gar nichts anderes übrig, als auf Antworten zu klicken. »*Hallo, Daniel! Hier kann man wohl nichts unbeobachtet tun. Warum nennst du dich denn Mephisto? Du wirst doch wohl nichts Teuflisches an dir haben, oder etwa doch? Gruß, Amanda*«

Es dauerte nicht lange und es pingte wieder. »*Hallo, Amanda! Ein schöner Name. Haben wir nicht alle kleine Teufel in uns?*«

»*Ich nicht.*«

»*Die, die von sich behaupten, keine teuflische Seite zu haben, sind doch die Schlimmsten.*«

»*Ich bin nicht schlimm.*«

»*Das ist aber schade.*«

»Wieso das?«

»Das macht das Leben doch erst prickelnd.«

»Mein Leben prickelt.« Ich schüttelte innerlich den Kopf. Warum log ich?

»Das ist schön, dass du das so sagen kannst. Was macht dein Leben denn prickelnd?«

»Mein Beruf, denke ich.«

»Was ist denn dein Beruf?«

»Ich bin Schriftstellerin.«

»Das ist ja toll. Habe ich schon etwas von dir gelesen?«

»Ich glaube nicht.«

»Wieso nicht?«

»Du bist wohl nicht meine Zielgruppe.«

»Wer ist denn deine Zielgruppe?«

»Frauen.«

»Dann schreibst du Liebesromane?«

»Ja.«

»Ich lese gelegentlich auch gerne mal einen guten Liebesroman. Kannst du mir einen deiner Romane empfehlen?«

Ich zögerte. Dann tippte ich. *»Schau mal unter Abigail Madison.«*

»Das mache ich bestimmt.«

»Ich muss jetzt ins Bett.«

»Schade. War schön mit dir.«

»Fand ich auch.« Ich war überrascht, dass sich dies nicht wie eine Lüge anfühlte.

»Schlaf schön.«

»Danke. Du auch.« Ich schloss die App und legte mein Handy beiseite.

Ich saß am nächsten Morgen am Frühstückstisch, als mich das Klingeln an der Tür aufschreckte. Ich legte meine Zeitung beiseite und ging zur Tür. Der Postbote lächelte mich an, als ich sie öffnete. Er sah irgendwie knuffig aus in seiner halblangen Shorts in Postfarben und der dazu passenden Kappe. »Guten Tag, Frau Schneider«, sagte er und hielt mir einen Brief hin. »Ich habe hier ein amtliches Schreiben für Sie.« Ich sah auf den Umschlag im typischen Braun von Recyclingpapier. »Ist bestimmt eine Steuerrückzahlung«, hängte der Postbote an und grinste. Ich lächelte zurück und nahm ihm den Brief ab. »Sonst habe ich heute nichts für Sie«, sagte er, drehte sich und winkte kurz zum Abschied.

Ich schloss die Tür und sah auf den Umschlag. Absender war das Gericht. Es dauerte etwas, bis mir klar wurde, um welches Verfahren es sich handeln musste. Als ich den Umschlag aufgerissen hatte, wurde meine Vermutung bestätigt. Im Verfahren gegen Sascha Kolesnikow wegen Freiheitsberaubung wurde ich als Zeugin geladen. Ich ging zurück an meinen Arbeitsplatz, legte das Schreiben auf den Tisch und setzte mich. Unweigerlich musste ich an Sascha denken. Ich schüttelte mich, um die Gedanken zu vertreiben, als mein

Handy das Signal für eine neue Nachricht erklingen ließ. Noch in Gedanken an Sascha und das kommende Verfahren entsperrte ich das Display. Das Foto eines E-Readers erschien. Darauf war das Cover von *Rosen für den Lord* zu sehen. Darunter stand die Nachricht *»Der Anfang ist schon super. Lieben Gruß, Daniel«*.

XIV

»Er will mich treffen«, warf ich Melanie anstelle einer Begrüßung entgegen, als ich ins Bistro kam. Sie sah mich verwundert an, während sie einer jungen Frau einen Kaffee hinstellte. »Was ist los?«, fragte sie, als sie zu mir kam. »Daniel will mich treffen.« Ich hielt ihr mein Smartphone entgegen, damit sie verstehen möge, aber sie tat es nicht.

»Wer ist Daniel?«, fragte sie stattdessen. Ich wackelte mit meinem Handy vor ihrem Gesicht. »Hier. Daniel. Aus der Partnerbörse.«

Melanie lachte. »Ach so. Setz dich doch erst mal, und dann zeigst du ihn mir. Einen Tee?« Ich nickte und setzte mich an meinen Stammplatz. Es dauerte nicht lange, bis Melanie mit dem Tee zurückkam und ihn mir hinstellte. »Dann zeig mal.« Ich rief Daniels Profil auf und hielt ihr sein Bild hin. Sie nahm mir das Telefon aus der Hand und zog das Bild größer. »Sieht doch nett aus.«

»Ja, er will mich treffen.« Ich starrte sie an und versuchte, das Gefühl der Panik, das in mir hochstieg, zurückzudrängen.

»Das sagtest du schon.« Melanie grinste. »Dann triff dich doch mit ihm. Darum geht es doch in einer Partnerbörse, oder nicht?« Ich nickte und nahm ihr das Smartphone ab. »Ja, schon«, murmelte ich. »Ich bin da

etwas aus der Übung.«
»Da ist doch nichts dabei. Ihr trefft euch an einem neutralen Ort. Wenn er dir nicht gefällt, haust du nach fünfzehn Minuten wieder ab und siehst ihn nie wieder.«
Ich blickte von Daniels Foto auf. »Und wenn er mir gefällt und ich ihm nicht?«
Melanie sah mich an, wie man ein Kind ansieht, das Angst hat, auf das Fahrrad zu steigen. Mich hätte nicht gewundert, wenn sie gesagt hätte »Du brauchst keine Angst zu haben. Mami ist da und hält dich fest.« Aber sie sagte: »Dann ist er ein Idiot.« Die Wirkung war dieselbe. Die Angst wurde weniger. »Meinst du?«
»Ja, meine ich.« Ein Gast winkte. Melanie sandte mir einen entschuldigenden Blick und ging zu ihm. Ich betrachtete Daniels Bild und las zum wiederholten Mal seine Nachricht, in der er ein Treffen vorschlug. Ich hatte noch nicht geantwortet und wahrscheinlich fragte er sich schon, welche dumme Kuh da am anderen Ende wäre.

Melanie kam zurück zu mir, nachdem sie bei dem Gast kassiert hatte. »Ich könnte mich hier mit ihm treffen«, schlug ich ihr vor.
»Das ist keine gute Idee«, wandte Melanie ein. »Dann weiß er, wo er dich wiederfinden kann. Nein, triff dich lieber in der Stadt. Irgendwo, wo du nicht regelmäßig bist.«

Ich nickte. »Verstehe.« Ich tippte auf die Antworten-Schaltfläche. »Soll ich wirklich?«
Melanie lachte und nickte. »Na, klar.«
Ich atmete tief ein und begann zu tippen.

Als das Treffen verabredet war, legte ich das Handy auf den Tisch. »Morgen Abend im Café an der Kirche«, sagte ich, und Melanie klopfte mir auf die Schulter. »Gut gemacht.«
Sie wandte sich zum Gehen und drehte sich dann wieder zu mir. »Hast du auch eine Vorladung zu Saschas Gerichtsverhandlung bekommen?«
Ich nickte. »Hast du mal was von ihm gehört?«, hakte sie nach. Ich schüttelte den Kopf. »Nein, warum sollte ich?«
Melanie verzog das Gesicht. »Na, warum schon?«
Ich tat so, als ob ich nicht verstünde, was sie meinte. Aber sie tippte mir nur auf die Schulter. »Du weißt es ganz genau.«

Der Inhalt meines halben Kleiderschranks lag auf meinem Bett ausgebreitet. Nichts erschien mir richtig für mein Blind-Date mit Daniel. Fast sehnte ich mich in die Villa der Kolesnikows zurück zu dem begehbaren Kleiderschrank und den tollen Klamotten. Meine Garderobe bestand hauptsächlich aus Schlabbershirts und Jeans. Eigentlich fühlte ich mich darin auch wohl, aber sollte ich bei einem Date nicht eher verführerisch wirken? Ich betrachtete mein Spiegelbild. Da war nichts Verführerisches. Entmutigt ließ ich mich auf die einzige freie Stelle meines Bettes fallen. Vielleicht sollte ich dieses verdammte Treffen einfach absagen. Alle meine Probleme wären gelöst. Ich könnte so rumlaufen, wie ich es gewohnt war. Müsste mich nicht verstellen. Ich wühlte unter dem Berg von Kleidungsstücken nach meinem Smartphone und begann, eine Nachricht an Melanie zu schreiben. *»Hab' nichts anzuziehen. Sage Date besser ab. LG, Amanda«*, tippte ich. Es dauerte nicht lange, bis mein Handy eine Antwort ankündigte. *»Unterstehe dich, das Treffen abzusagen! Zieh einfach was an, womit du dich wohlfühlst. Du schaffst das! M.«* Ich las die Nachricht und schmiss das Telefon auf den Haufen Kleider. Ich hatte auf Verständnis gehofft. Das war wohl nichts. Aber ihr Vorschlag gefiel mir. Genau, ich würde etwas anziehen, in dem ich mich wohlfühlte. Wenn ihm das nicht gefiel, könnte er mich mal.

Ich stand auf und betrachtete mich erneut im Spiegel. Das Shirt war okay. Die Jeans auch. Damit fühlte ich mich wohl. Das würde ich anlassen. Dann schaute ich auf die Uhr. »Auf in den Kampf«, spornte ich mich selbst an, griff meine Handtasche und Jacke und verließ meine Wohnung.

Ich war fünf Minuten zu früh am Café. Sollte ich schon hineingehen oder besser vor der Tür warten? Ich versuchte, durch die Scheibe ins Lokal zu spähen, ob ich Daniel vielleicht schon entdeckte, aber ich konnte nichts erkennen. Leute gingen an mir vorbei und musterten mich im Augenwinkel. Konnte man mir ansehen, dass ich zu einem Blind-Date verabredet war? Was dachten die Passanten wohl, die an mir vorbeigingen? Ich fühlte mich wie auf einem Präsentierteller, und Beklemmung machte sich breit. Ich sah nervös auf die Uhr. Noch eine Minute. Hoffentlich war er pünktlich. Sehr viel länger würde ich nicht warten. Ich sah gerade erneut auf die Uhr, um festzustellen, dass gerade mal dreißig Sekunden vergangen waren, als ich neben mir eine Stimme hörte. »Du musst Amanda sein.«

Ich drehte mich zu der Stimme und sah in das lächelnde Gesicht eines Mannes, der eindeutig Daniel sein musste. »Du siehst ja wirklich so aus wie auf deinem Foto«, stellte ich überrascht fest. Daniel lachte laut auf. »Du musst aber schon schlimme Treffen erlebt haben, dass dies schon eine Besonderheit ist.«

Ich schüttelte heftig den Kopf. »Nein, nein, ich hatte noch gar kein Treffen. Aber man hört doch immer, dass die Leute in Singlebörsen immer falsche Fotos zeigen, um besser auszusehen.«

»Habe ich auch gelesen«, bestätigte Daniel. »Aber schön, dass es bei dir und mir nicht so ist, nicht wahr?«

Ich nickte.

»Also, hallo.« Daniel hielt mir seine Hand hin und ich ergriff sie. »Sollen wir hineingehen?«, schlug er vor, als sich unsere Hände voneinander lösten, und ich nickte erneut. Er ging voraus und hielt mir die Tür auf. Das Café war gut besucht. Allerdings waren wir nicht die übliche Zielgruppe. Das Publikum schien mehr die Generation meiner Eltern zu sein. »Interessante Wahl als Treffpunkt«, stellte Daniel fest und lächelte mich an.
»Ich dachte, es sei schön zentral«, stammelte ich. Ob er ahnte, dass ich einen neutralen Ort gesucht hatte, der möglichst weit von meinem Leben entfernt war? Es war nur ein Tisch im hinteren Bereich frei und wir steuerten darauf zu. »Soll ich deine Jacke aufhängen?«, fragte Daniel, als ich Anstalten machte, sie auszuziehen.
»Gerne.« Ich hielt sie ihm hin, und er blickte sich im Lokal um, um die Garderobe zu finden. Zurück am Tisch setzte er sich mir gegenüber. »Holst du dir hier deine Inspiration für deine Geschichten?«, fragte er mich.
»Nein. Ehrlich gesagt, war ich noch nie hier. Warum meinst du das?«
Daniel sah sich um. »Die Atmosphäre ist hier so, wie ich sie mir in deinen Romanen vorstelle. Ein wenig gediegen, plüschig. Verstehst du?«
Ich sah mich ebenfalls um und musste lachen. »Du hast recht. Es wirkt tatsächlich so wie in meinen Romanen.«

Die Bedienung kam an unseren Tisch und fragte nach unseren Wünschen. Wie es sich für dieses Café gehörte, war sie schon etwas älter, trug eine weiße Bluse, einen schwarzen Rock mit der obligatorischen weißen Spitzenschürze und der dicken schwarzen Geldbörse um die Taille. Ich bestellte einen Assam und Daniel einen einfachen Kaffee.
»Mich hätte nicht gewundert, wenn sie bei deiner Bestellung die Nase gerümpft und gesagt hätte ›Wir haben nur Friesenmischung‹.« Daniel grinste. Ich musste mitlachen. »Ja, so hätte es kommen können.«

Ich musterte ihn und musste mir eingestehen, dass er mir gefiel. Seine Augen zeugten von Neugier. Sein Gesicht war von einem angedeuteten Dreitagebart umrahmt. Entweder hatte er am Morgen einfach keine Lust gehabt, sich zu rasieren, oder sein Bartwuchs war nicht so stark. Mir gefiel aber diese Normalität. Nichts bei ihm machte den Eindruck, dass er etwas geplant oder gar mit Kalkül tun würde. Wir sahen uns im Lokal um und immer wenn sich unsere Blicke trafen, versuchten wir zu lächeln. Ich überlegte angestrengt, wie ich ein Gespräch beginnen könnte, aber mein Kopf war wie leergefegt. Als die Bedienung mit unseren Getränken erschien, war dies eine Erlösung. Nun konnte ich wenigstens meine Hände beschäftigen, indem sie mit dem Löffel spielten, gelegentlich die Tasse zu Mund führten und sie wieder zurückstellten. Daniel schien es ähnlich zu gehen. Auch er spielte mit seinem Kaffeelöffel.

»Irgendwer muss jetzt etwas sagen«, platzte es aus mir heraus.

»Oh ja«, seufzte Daniel. »Entschuldige, es ist mein erstes Blind-Date und ich bin total aufgeregt.«

»Wegen mir?«, fragte ich verdutzt.

Daniel schüttelte den Kopf. »Nein, nein, nicht wegen dir. Wegen mir. Schließlich möchte ich dir ja gefallen.«

»Das kenne ich«, seufzte ich.

»Wieso?« Daniel sah mich fragend an.

»Na, ich habe mich auch gefragt, ob ich dir gefallen würde.«

»Da brauchst du dir aber wirklich keine Gedanken zu machen. Du siehst toll aus.«

Ich sah ihn mit großen Augen an. Er nickte. »Ja, da brauchst du gar nicht so zu gucken. Aber das weißt du doch, oder?«

»Also, wenn ich ehrlich bin …«

Daniel verzog das Gesicht. »Komm, jetzt willst du mich veräppeln.«

»Nein, jeder hat doch seine Unsicherheiten, oder nicht? Jemand, der keine hätte, wäre mir eher unheimlich.«

»Da hast du recht.«

»Du brauchst dir im Übrigen auch keine Sorgen zu

machen.« Ich lächelte ihn an und er lächelte zurück.
»Erzähl mal, wie bist du zum Schreiben gekommen? Du bist die erste Schriftstellerin, die ich persönlich kennenlerne.« Er sah mich auffordernd an und ich begann zu erzählen.

»Warum Liebesromane, die in britischen Adelskreisen spielen?«, hakte er nach, als ich geendet hatte. Ich musste etwas überlegen, was ich darauf antworten konnte. Ich hatte nie darüber nachgedacht, warum ich schrieb, was ich bisher geschrieben hatte. Daniel nutzte meine Pause. »Kann man daraus auf eine besondere Sehnsucht nach Liebe und Romantik schließen?« Er musterte mich mit seinen neugierigen Augen. Ich senkte den Blick. »Sehnt sich nicht jeder Mensch nach Liebe und auch Romantik? Mit meinen Büchern erfülle ich dieses Bedürfnis, und meine Leserinnen danken es mir.«
»Das heißt, du schreibst dies nur aus geschäftlichem Kalkül?«
Ich sah erschrocken auf. »Nein, nein«, protestierte ich. »Zu Beginn wusste ich nicht, ob meine Bücher überhaupt Leser finden würden.« Ich nippte an meinem Tee. »Mein erstes Buch habe ich an ein paar Verlage gesendet. Na, jedenfalls bekam ich zum Teil noch nicht einmal eine Antwort und wenn, dann war es eine Standardabsage. Ein Freund erzählte mir dann, dass man

heutzutage auch ohne Verlag Bücher veröffentlichen kann und ich dachte mir, dass ich das ja mal probieren könnte. Ich war sehr überrascht, dass sich tatsächlich Menschen für mein Buch interessierten. Also schrieb ich weitere Geschichten in dem Stil, und bevor ich mich versah, verdiente ich gutes Geld damit und hatte eine wachsende Fanschar.«

Daniel sah mich mit großen Augen an. »Wow, das ist bewundernswert.«

Ich winkte ab. »Ach, nein, so toll ist das nicht. Kann eigentlich jeder.«

»Sei doch nicht so bescheiden. Das kann bestimmt nicht jeder. Ich könnte jedenfalls nicht solche Geschichten schreiben.«

»Du hast mir noch gar nicht gesagt, wie dir mein Buch gefällt.« Ich sah ihn herausfordernd an. Er lächelte. »Du hast eine wirklich gute Schreibe.« Er nahm seine Kaffeetasse. »Stellenweise ist es schon recht oberflächlich, aber das weißt du ja sicher.«

»Ja, sicher«, sagte ich, obwohl mir seine Aussage einen Stich versetzte. »Soll ja auch in erster Linie unterhalten.«

»Das tut es absolut«, bestätigte Daniel und nahm einen Schluck Kaffee. Ich sandte ihm ein dankbares Lächeln.

»Aber wir reden nur über mich. Was machst du denn beruflich?«

Er setzte seine Kaffeetasse ab und lehnte sich zurück.

»Mit dir kann ich nicht mithalten. Mein Job ist da eher langweilig. Ich arbeite als Unternehmensberater.«
»Oh, das finde ich gar nicht langweilig. Welche Unternehmen berätst du?«
»Ich bin so eine Art Feuerwehr, wenn den Unternehmen die Pleite droht. Dann rufen sie mich und ich muss sehen, dass ich den Karren aus dem Dreck ziehe.«
»Dann wirst du doch sicher auch unangenehme Entscheidungen treffen müssen und Mitarbeiter entlassen, oder?«
Er nickte und lehnte sich wieder vor. »Ja, das muss ich. Böse Menschen behaupten, dass mich die Unternehmen nur deshalb holen, damit ich für sie die Drecksarbeit mache, weil sie sich selbst nicht trauen.« Er machte eine Pause und grinste. »Aber sie bezahlen mich verdammt gut dafür.«
»Bist du selbständig?«
Daniel nickte.
»Meine Hochachtung.« Mein Vater würde wahrscheinlich seine helle Freude an Daniel haben. Der Gedanke irritierte mich, denn ich fand ihn auch sehr sympathisch. Dabei war doch das Letzte, was ich wollte, mich in einen Mann zu vergucken, den mein Vater passend fand. Aber so weit war es glücklicherweise noch nicht.

Die Kellnerin kam an unseren Tisch und fragte, ob wir noch etwas wollten. Daniel schlug vor, dass wir uns mal die Kuchenauswahl ansehen könnten. Da das Eis gebrochen und er nun nicht mehr so nervös wäre, wie er meinte. Ich stimmte zu und wir bestellten uns jeweils ein Stück Kuchen.

Als Daniel, der gerade erzählte, wie er als Junge mal mit seinem Fahrrad in das Schaufenster eines Modegeschäfts gefahren war und mir als Beweis die Narbe auf seinem Unterarm zeigte, unterbrach uns die Kellnerin.
»Wir schließen gleich. Wenn ich kassieren dürfte?«
Wir schraken auf und kramten nach unseren Geldbörsen. Daniel gab mir ein Zeichen, dass er zahlen wolle. Ich wollte protestieren, aber er lachte mich an.
»Beim nächsten Mal zahlst du. Da werde ich dann richtig zuschlagen.« Mir blieb nichts anderes übrig, als nickend zuzustimmen.

Nachdem Daniel unsere Jacken geholt hatte, verließen wir das Lokal. Ich überlegte krampfhaft, wie wohl der Abschied laufen würde. Es war ein richtig schöner Nachmittag gewesen, und ein Teil von mir wollte sich nicht verabschieden. Aber ich ermahnte mich innerlich, es nicht zu überstürzen.

Draußen angekommen sah mich Daniel an. »Ich fand's richtig schön.«
»Ich auch«, flüsterte ich. Wir sahen uns in die Augen, und ich war mir nicht sicher, ob es einen Kuss geben

würde.
»Ich weiß nicht, wie es dir geht«, begann Daniel vorsichtig. »Aber ich würde dich gerne wiedersehen.«
Ich konnte nur nicken. Er lächelte. »Es gibt nur ein Problem.«
Ich erschrak. Er hob abwehrend die Hände. »Nein, nein, keine Sorge. Ich bin nicht verheiratet, oder so.« Er lachte, und ich starrte ihn nur mit großen Augen an. »Es ist so, dass ich morgen einen neuen Auftrag beginne. Ich werde schätzungsweise vier Wochen weg sein.« Er musste mir die Enttäuschung angesehen haben. »Wir chatten und mailen, okay?«
»Okay«, bestätigte ich und versuchte, meine Enttäuschung wegzudrücken. Da lernte ich mal einen netten Mann kennen, und dann verschwand er gleich wieder. Ich wollte irgendetwas Positives sagen, aber Daniel kam mir zuvor, als er sich zu mir beugte und mir einen Kuss auf die Wange gab. »Ich melde mich auf jeden Fall.«
Ich nickte verständnisvoll. »Okay. Ich wünsche dir viel Erfolg bei deinem Job.«
»Danke.«
»Dir viel Spaß beim aktuellen Buchprojekt.«
»Danke.«
Ich gab ihm ebenfalls einen Kuss auf die Wange. Dann drehte ich mich weg. »Mach's gut.« Ich winkte ihm noch zu, als ich ging.

Er sah mir nach, bis ich um die Straßenecke verschwunden war. Erst dann konnte ich wieder normal atmen.

XV

Daniel hatte Wort gehalten. Wir chatteten fast täglich. Er berichtete von seinem Job, der sich nur leider immer wieder verlängerte. Aus vier Wochen waren fast acht geworden. Melanie beobachtete mich, als ich wieder eine Nachricht an ihn in mein Handy tippte. »Amanda, du hättest echt noch ein paar andere Typen treffen sollen. Ist doch nicht normal, sich gleich auf den ersten zu kaprizieren, der dazu auch noch weit weg ist.«
»Er ist aber doch nun mal nett.«
Melanie schüttelte den Kopf. »Ach, meine Liebe, ich hoffe nur, dass das gut geht.«
Ich nahm sie in den Arm. »Das wird es schon. Bist du soweit?«
Sie nickte.
»Dann lass uns fahren.« Wir hatten beschlossen, gemeinsam zur Gerichtsverhandlung zu gehen. Georg würde uns dort erwarten. Ich war froh, dass damit endlich dieses Kapitel beendet sein würde. Es fühlte sich an, als ob ich noch einmal kurz in ein altes Leben zurückblicken müsste. Nichts schien mehr mit der Amanda von heute zu tun zu haben. Melanie ging voraus und ich folgte ihr zum Auto.

Am Gericht angekommen, machten wir uns auf die Suche nach dem Gerichtssaal, in dem das Verfahren stattfand. Nach ein paar Irrungen erkannten wir den richtigen Saal daran, dass Georg bereits davor in einer Stuhlreihe saß und uns zuwinkte. »Hallo, ihr zwei«, begrüßte er uns. »Wir müssen hier warten, bis wir hineingerufen werden.«

Ich beugte mich zu ihm und gab ihm einen Kuss auf die Wange. »Schön, dass wir uns mal wieder sehen. Du machst dich echt rar.«

»Ist gerade viel zu tun«, antwortete er, nachdem er Melanie begrüßt hatte und wir nun alle in Reihe und Glied auf den Stühlen saßen.

»Ich habe schon gehört, dass ihr Pläne schmiedet.«

Georg nickte. »Ja, aber es ist noch nichts spruchreif.« Ich wollte Georg noch weiter ausfragen, als zwei Männer die Treppe hinauf kamen. Der eine war definitiv ein Anwalt und der andere lächelte unsicher, als er mich sah

»Hallo, Sascha«, sagte ich leise, als er an meiner Seite war und sein Anwalt die Tür zum Saal öffnete. »Sie dürfen nicht miteinander reden«, ermahnte uns der Anwalt, und Sascha warf mir einen entschuldigenden Blick zu. Dann schloss sich die Tür zum Saal hinter ihnen.

»Er sieht schlecht aus«, stellte Melanie fest. Ich drehte mich zu ihr und nickte. »Ja, er scheint keine leichte Zeit gehabt zu haben.« Melanie hatte recht. Sein Anblick hatte mir gleich in mehrfacher Hinsicht einen Stich versetzt. Zum einen war ich tatsächlich etwas erschrocken über seinen Anblick. Seine Wangen wirkten eingefallen, und sein ansonsten perfekter Anzug schlotterte an ihm herum. Aber da waren auch seine Augen, die mich musterten und mich zu umarmen schienen. *Er ist Vergangenheit,* sagte ich mir innerlich. *Eine kurze, eindringliche und schlechte Vergangenheit.*

Georg und Melanie wurden nacheinander in den Saal gerufen und kamen nach kurzer Zeit wieder heraus. Sie mussten nur kurz von meinem SMS-Hilferuf und dem Moment der Befreiung berichten. Anscheinend wollte der Staatsanwalt von ihnen hören, dass Sascha mich gewaltsam festgehalten hatte. Beide hatten dies aber nicht aus eigener Beobachtung bestätigen können. Sie wussten nur von mir etwas zu den Umständen und das galt vor Gericht nicht. Dann öffnete sich die Tür zum Saal erneut, und ein Mann rief mich herein.

Ich atmete tief ein, erhob mich und folgte ihm in den Saal. Man bat mich, mich vorne vor den Richter auf einen einzelnen Stuhl zu setzen. Der Richter begrüßte mich und wies mich darauf hin, dass ich verpflichtet sei, die Wahrheit zu sagen. Ich versuchte, einen Blick von Sascha zu erhaschen, aber der starrte geradeaus nach vorne. Meine Hände zitterten, und ich umklammerte meine Handtasche, um mich zu beruhigen. Der Staatsanwalt sah mich freundlich an. »Frau Schneider, bitte

berichten Sie dem Gericht, was damals geschehen ist.«
Ich sah zu ihm und dann zum Richter. Der forderte mich durch Kopfnicken auf zu erzählen.
»Ja, also. Wo soll ich beginnen?« Ich wartete keine Antwort ab, sondern fuhr fort. »Ich bekam eine Anfrage von Frau Vanessa Kolesnikow, ob ich zu ihrer Hochzeit kommen würde. Sie hatte diese Anfrage an mein Pseudonym Abigail Madison gerichtet. Da ich dieses Pseudonym aber nicht lüften wollte, sagte ich höflich ab.« Ich holte Luft. »Aber einige Tage später nahm ihr Vater, Herr Boris Kolesnikow, Kontakt zu mir auf und forderte mich auf, der Bitte seiner Tochter nachzukommen. Ich weigerte mich. Wieder ein paar Tage später wurde mir ein Sack über den Kopf gestülpt, ich wurde betäubt und fand mich später im Weinkeller der Kolesnikows wieder. Dort traf ich Sascha zum ersten Mal. Er holte mich aus dem Keller und zeigte mir die Villa.«
Der Staatsanwalt unterbrach mich. »Mit Sascha meinen Sie den Angeklagten, Herrn Sascha Kolesnikow?«
Ich nickte.
»Was hat Herr Kolesnikow dann zu Ihnen gesagt?«
»Ich weiß es nicht mehr wortwörtlich, aber er sagte in etwa, dass er sich freuen würde, dass ich dem Wunsch seiner Schwester nachgekommen wäre.«
»Hat er Ihnen gedroht?«
»Nicht direkt. Die Umstände ließen mich denken, dass

ich besser das tun sollte, was man von mir verlangte.«
»Wie ging es dann weiter?«
»Ich lernte die Familie kennen und begleitete Vanessa, als sie ihr Brautkleid abholen ging.«
»Hatten Sie das Gefühl, dass Sie einfach hätten gehen können?«
Ich schüttelte den Kopf. »Boris Kolesnikow hat mir klar zu verstehen geben, dass es besser für mich sei, seine Tochter nicht zu enttäuschen.«
»Boris Kolesnikow, also der Vater. Hat der Angeklagte Ihnen auch gedroht?«
»Nein, eigentlich nicht.«
»Aber die Umstände waren so, dass klar war, dass sie festgehalten wurden?«
»Einspruch«, rief Saschas Anwalt, und der Richter nickte. »Stattgegeben.«
Der Staatsanwalt nickte ertappt und setzte sich. Nun erhob sich Saschas Anwalt. »Frau Schneider, es war sicher schrecklich, was Sie durchgemacht haben. Hat Ihnen mein Mandant jemals gedroht?«
Ich schüttelte den Kopf.
»Bitte antworten Sie laut und deutlich«, forderte mich der Richter auf.
»Nein, er hat mir nicht gedroht.«
»Frau Schneider, war es nicht eher so, dass Ihnen mein Mandant freistellte zu gehen?«

Ich sah den Anwalt fragend an.
»An dem Abend der Gartenparty. Hat da mein Mandant nicht zu Ihnen gesagt, dass Sie hingehen könnten, wo sie wollten?« Ich nickte unsicher.
»Bitte laut und deutlich«, ermahnte mich der Anwalt erneut. »Ja, das hat er.«
»Sie entschieden sich aber zu bleiben, nicht wahr?«
»Ja«, flüsterte ich und wiederholte es lauter, als der Anwalt mich wieder ermahnen wollte.
»Ist es nicht so, dass Sie anschließend die Nacht mit meinem Mandanten verbracht haben?«
»Ja.« Ich zog die Handtasche enger an mich.
»Frau Schneider, am nächsten Tag, als ihre Freunde und die Polizei erschienen, wo waren Sie da?«
»Bei der Trauung von Vanessa und Paul.«
»Mussten Sie da mit Gewalt befreit werden?«
»Nein.«
»Hat mein Mandant Sie daran gehindert zu gehen? Hat er Ihnen gedroht oder sonst irgendwie Gewalt ausgeübt?«
»Nein.« Ich blickte auf und Sascha sah kurz zu mir. Unsere Blicke trafen sich, und ein warmer Strom durchflutete mich. Ich richtete mich etwas auf. »Nein, euer Ehren, Sascha hat mir nichts getan.«
Saschas Anwalt setzte sich. »Euer Ehren, ich beantrage, das Verfahren gegen meinen Mandanten einzustellen.«

Der Richter sah zum Staatsanwalt, und der sandte mir einen ungehaltenen Blick. Dann nickte er. Schließlich erklärte der Richter das Verfahren für eingestellt.

Ich stand vorsichtig auf und beobachtete Sascha, wie er sich bei seinem Anwalt bedankte. Ich machte Anstalten, den Gerichtssaal zu verlassen, als Sascha zu mir kam. »Danke«, hauchte er und lächelte schwach.
»Hab' nur die Wahrheit gesagt.«
Er nickte. »Ja, das hast du.«
»Wie geht es dir?«
»Gut.«
Ich musterte sein Gesicht. »Du siehst aber nicht so aus.«
»War eine stressige Zeit. Aber jetzt geht es wieder.« Er lächelte. »Und wie geht es dir? Neue Liebesabenteuer verfasst?«
Ich schüttelte den Kopf. »Nein, ich arbeite an einem anderen Projekt. Dieses Mal auch unter meinem echten Namen.«
»Oh, toll.«

Melanie und Georg kamen in den Saal und auf uns zu. »Das Verfahren ist eingestellt?«, fragte Georg, und Sascha und ich nickten.
»Das freut mich«, stellte Georg fest und klopfte Sascha auf die Schulter.
»Gehen wir noch irgendwo einen Kaffee trinken?«,

schlug Melanie vor. Ich sah zu Sascha, und der nickte. »Ja, gute Idee«, antwortete ich.

Als wir aus dem Gerichtssaal kamen, erblickten wir eine blonde Frau, die die Treppe hinaufkam und auf uns zustürmte. Sie fiel Sascha um den Hals. »Wie ist es gelaufen, Schatz?« Sascha drückte sie etwas von sich ab und wollte antworten, aber dieses blonde Etwas ließ ihm keine Chance. »Ich wollte schon viel früher da sein, aber die Stadt war so voll. Es war der Horror.«
Ich klopfte Sascha auf die Schulter. »Wir gehen dann jetzt. War schön, dich mal wiedergesehen zu haben.« Ich forderte Melanie und Georg auf, mir zu folgen, und sie taten es murrend, während Sascha noch versuchte, sich von der Blondine zu lösen. Ich wartete darauf, ein »Bleib' doch« zu hören, aber es kam nicht. Stattdessen war nur die Stimme der Frau zu vernehmen, die von ihren Bemühungen berichtete, rechtzeitig am Gericht zu sein, während wir die Treppe hinunter gingen und mein Handy piepste. Ich grub es aus meiner Handtasche und wischte über das Display, um die Nachricht lesen zu können. »*Projekt ist beendet. Komme am Wochenende zurück. Sehen wir uns? Gruß, Daniel*«, stand dort.

Es war Sonntagmorgen. Gestern hatten Daniel und ich uns wiedergesehen. Nach unserem wochenlangen Chat war es, wie einen alten Freund zu treffen. Er hatte von seinem Projekt berichtet und ich hatte ihm erzählt, wie weit mein neues Buch gediehen war. Der Abend hatte geendet, wie er enden musste. Wir hatten uns innig geküsst und nun lag ich in seinem Bett, betrachtete das geschmackvolle Foto an der Wand, das ein Blütenblatt zeigte, auf dem ein einzelner Wassertropfen thronte. Die Tür öffnete sich und Daniel kam herein. Vor sich trug er ein Tablett, auf dem Frühstücksutensilien drapiert waren. Dahinter waren nur eine enge Unterhose und ein ziemlich beeindruckender Körper zu erkennen. Er setzte das Tablett vorsichtig vor mir ab und schlüpfte dann auf der anderen Seite wieder unter die Decke. »Guten Morgen«, sagte er und küsste mich auf die Wange. »Ich hoffe, ich habe alles, was du dir zum Frühstück wünschst.«

»Lass mal sehen«, antwortete ich übertrieben affektiert und begann, alles genau zu inspizieren. »Für den Anfang will ich es mal durchgehen lassen.« Wir mussten beide lachen und küssten uns. Fast wäre der Orangensaft umgekippt. »Vorsichtig!«, mahnte ich. Er fasste ein Glas und hielt es mir hin. »Bitte sehr, Madame.« Ich nahm ihm das Glas ab und nippte daran.

»Daran könnte ich mich gewöhnen«, stellte Daniel fest.

Ich sah ihn an. »Was meinst du?«
Er lachte. »Na, was schon? Hier mit dir aufzuwachen und im Bett zu frühstücken.«
Ich versuchte, ihm ein Lächeln zu senden. Es schien mir zu gelingen, obwohl mein Bauch so komisch grummelte. Was war das? Es war nur ein paar Monate her, dass ich mir kaum hatte vorstellen können, ein Mann könne sich ernsthaft für mich interessieren. Nun lag ich mit einem tollen Mann nach einer ebenso tollen Nacht im Bett und bekam Frühstück kredenzt. Ich müsste innerlich jubeln. Dies war doch immer mein Traum gewesen. Ich schüttelte den Kopf, um die Gedanken zu vertreiben. Wahrscheinlich war ich es nur nicht gewohnt, glücklich zu sein. Mein Körper musste sich einfach darauf einstellen.
»Ist dir nicht gut?«, fragte Daniel besorgt. Ich sandte ihm ein Lächeln. Dieses Mal ein ehrliches. »Mir geht es gut«, antwortete ich. »Richtig gut.« Dann küsste ich ihn und der Orangensaft kippte um.

XVI

»Hast du es schon gelesen?« Melanie empfing mich, als ich zum Mittagessen ins Bistro kam.

»Was soll ich gelesen haben?«

»Sascha hat seine Verlobung bekanntgegeben. Mit dieser schrillen Blondine vom Gericht. Du erinnerst dich?«

Ich ging an ihr vorbei zu meinem Stammplatz. Sie folgte mir. »Was sagst du dazu?«

Ich setzte mich und sah zu ihr hoch. »Was soll ich dazu sagen? Herzlichen Glückwunsch.«

»Diese Tussi passt doch gar nicht zu ihm.«

»Findest du? Ich fand, sie sahen ganz gut zusammen aus. Machst du mir den Mittagstisch?«

Melanie verzog das Gesicht. »Du kannst mir nicht weismachen, dass es dir egal ist.«

»Es ist mir aber egal. Er verlobt sich. Soll er. Ich bin in einer glücklichen Beziehung. Alles ist doch gut. Kriege ich nun etwas zu essen?«

»Ja, ja. Aber ich glaube dir trotzdem nicht.« Sie ging zur Theke. Ich stand auf und holte mir eine Illustrierte aus dem Zeitschriftenständer. Natürlich erwischte ich genau die, in der von Saschas Verlobung berichtet wurde. Anscheinend war diese Blondine ein TV-Sternchen aus einer Daily Soap. Ich betrachtete die Fotos. Sascha sah nicht mehr ganz so schlecht aus wie bei der

Gerichtsverhandlung. Dennoch machte er auf mich keinen glücklichen Eindruck. Ich konnte mir auch nicht vorstellen, dass ihm dieser Presserummel gefiel.

Melanie kam an meinen Tisch und stellte mir einen Tee hin. »Ich nehme mal an, du wolltest einen.«
Ich nickte. »Bist ein Schatz.«
Sie tippte auf das vor mir liegende Magazin. »Ich dachte, es interessiert dich nicht.«
»Tut's auch nicht.« Demonstrativ schlug ich die Zeitschrift zu und legte sie zurück. Melanie schüttelte nur den Kopf und ging zur Theke, um kurze Zeit später mit meinem Essen wieder zu erscheinen. Sie stellte den Teller vor mich hin. »Hast du denn schon von Georg gehört?«
Ich sah sie an. »Jetzt sag nicht, der verlobt sich auch?«
»Nein, das nicht. Obwohl …«
»Etwa doch?« Ich war enttäuscht, dass sich mein bislang bester Freund so rar machte und ich Neuigkeiten in letzter Zeit nur über Melanie erfuhr. Früher hatten wir stundenlang gequatscht und uns alles erzählt. »Erzähl schon«, forderte ich Melanie auf.
»Sie eröffnen ein Restaurant.«
»Du meinst Dimitrij und Georg?«
Melanie nickte und begann von Georgs Restaurantplänen zu berichten, während ich mein Mittagessen ver-

putzte und daran dachte, dass ich versprochen hatte, am Abend für Daniel zu kochen.

Daniel und ich saßen an meinem kleinen Esstisch. Meine Kochkünste waren nicht sehr ausgefeilt und ich hoffte, es würde ihm doch irgendwie schmecken. Zu Hause hatten wir immer Personal gehabt, und ich war mir nicht einmal sicher, ob meine Mutter überhaupt kochen konnte. Jedenfalls hatte ich nie Gelegenheit, es richtig zu lernen. Erst seit ich für mich lebte, hatte ich begonnen, es mir Stück für Stück anzueignen. Obwohl es etwas anderes war, sich selbst irgendetwas zusammenzubasteln, als ein Abendessen für jemand anderen zu kreieren. Ich hatte mich entschlossen, Pasta zu machen. Da sollte alles gut gehen, und so war es auch. Als Dessert hatte ich einfach Eis gekauft und es mit Apfelscheiben, die ich zuvor leicht karamellisiert hatte, dekoriert. Es sah toll aus, schmeckte super und war dennoch auch ohne ausgefeilte Kochkünste hinzukriegen. Daniel schmeckte alles. Ich schenkte Wein nach.

»Georg und Dimitrij wollen ein Restaurant eröffnen.« Ich hatte Daniel von den beiden erzählt. Persönlich kennengelernt hatte er sie bisher nicht. Er sah mich an, während er mit seinem Löffel die letzten Eisreste von

seinem Teller kratzte und sich genüsslich zum Mund führte. »Das ist doch super«, sagte er, nachdem er den Löffel abgeschleckt und hingelegt hatte. »Ich wollte immer Freunde mit einem eigenen Lokal haben. Da kann man dann immer hingehen und bekommt die eine oder andere Spezialität des Hauses. Ist prima.«
Ich musste lachen. »Du hast recht. Obwohl ich mir Georg noch gar nicht so richtig als Maître vorstellen kann.«
Ich nahm einen Schluck Wein. »Aber wenn ich es so recht überlege … Ich glaube, er kann das. Dimitrij als Koch ist dagegen noch eine ziemlich merkwürdige Vorstellung.«
»Irgendwann musst du mir die beiden mal vorstellen.«
»Ja, du hast recht. Dazu gibt es am Samstag die Gelegenheit. Georg hat uns nämlich eingeladen, uns das Lokal anzusehen. Es ist zwar noch nicht alles fertig, aber er möchte es uns schon mal zeigen.«
»Klar. Klingt gut.«
Ich drehte mein Weinglas in der Hand. »Sag mal, was hast du eigentlich für Pläne?«
»Wie meinst du das?« Daniel sah mich mit großen Augen an.
»Ich meine, machst du dir gelegentlich mal Gedanken über die Zukunft? Was du machen willst und so?«
Er ergriff meine Hand, die auf den Tisch lag.

»Momentan finde ich es ziemlich gut, wie es ist. Und so lange kennen wir uns ja noch nicht.«
Zuerst verstand ich nicht, was er meinte, doch dann dämmerte es mir. »Oh, nein, äh, das meine ich nicht. Irgendwann vielleicht schon, aber jetzt noch nicht. Ich meine gar nicht unsere Beziehung. Wie stellst du dir unabhängig davon deine Zukunft vor?«
Daniel lächelte und strich mit einem Finger über meine Hand. Ich beobachtete, wie der Finger sanft meine Handknochen entlangfuhr. Dann stockte er. »Ich würde schon gerne sesshafter werden«, sagte er. Ich sah ihn fragend an. »Wie meinst du das?«
»Mein Job macht mir zwar Spaß, aber immer wochenlang weg zu sein, ist auf die Dauer Mist. Es war okay, als ich noch keine Bindung hatte, aber das ist ja nun anders.« Er lächelte.
»Und wie möchtest du das erreichen?«, hakte ich nach.
»Na ja, ich würde gerne irgendwo einen festen Job haben. Ich denke, dass meine Referenzen prima sind. Ich habe in zahlreichen Projekten bewiesen, dass ich ein Unternehmen führen kann. Es sollte also möglich sein, dass ich eine feste Stelle in einer leitenden Position finde.«
»Ja, das denke ich sicher. Hast du dich schonmal nach Stellen umgesehen?«
Er zögerte, dann sah er mich an. »Eigentlich wollte ich

das Thema noch nicht ansprechen, aber da du jetzt davon angefangen hast.«

»Was meinst du?«

»Ich dachte, du könntest mich vielleicht deinem Vater vorstellen.«

Erschrocken zog ich meine Hand vom Tisch, und Daniel sah mich fragend an. »Habe ich etwas Falsches gesagt?«

»Nein, nein«, beschwichtigte ich, aber innerlich wollte ich schreien.

»Wenn es dir nicht recht ist, dann ist es in Ordnung.«

»Doch, doch, ist schon gut.«

Daniel lehnte sich vor und sah mir in die Augen. »Aber ich sehe doch, dass es dir nicht wohl dabei ist.«

Ich suchte seinen Blick und lächelte, so gut ich konnte. »Weißt du«, stammelte ich. »Mein Vater hat ein sehr einnehmendes Wesen. Er wollte immer, dass ich in die Firma eintrete. Diese Schreiberei, wie er meinen Beruf nennt, ist für ihn nichts Richtiges. Es ist ihm peinlich. Und meinen ersten Freund …« Die Stimme stockte. »Er hieß Lukas. Wir hatten uns im Studium kennengelernt. Ich war total verliebt. Mein Vater fand ihn auch toll. Er war ein Schwiegersohn nach seinem Geschmack. Doch dann stellte sich Lukas gegen mich, und es kam heraus, dass er sich nur auf mich eingelassen hatte, um einen Posten in der Firma zu bekommen. Es hat mich sehr viel Kraft gekostet, mich davon zu lösen und mein eigenes

Leben aufzubauen. Damals habe ich begonnen, Liebesromane zu schreiben, und mir jeden Gedanken daran zu verbieten, dass ich einmal die Liebe finden könnte.«
Daniel sah mich bestürzt an. »Oh, das tut mir leid. Ich wusste ja nicht …«
»Schon gut. Du konntest es ja nicht wissen. Ich rede nicht gerne darüber. Ich möchte nur nicht, dass mir das wieder passiert.«
»Das verstehe ich.« Daniel lehnte sich zu mir vor und ergriff meine Hand. Ich sah in sein lächelndes Gesicht und fragte mich, ob dieses Thema von nun an zwischen uns stehen würde.

Am Abend betraten wir vorsichtig das zukünftige Lokal von Georg und Dimitrij. »Noch nicht ganz fertig« war eine ziemliche Untertreibung, denn wir mussten sogar noch über Zementsäcke steigen. Georg kam uns freudestrahlend entgegen. »Toll, dass ihr gekommen seid.« Er umarmte mich innig. Es tat gut, den Freund endlich wieder zu spüren. Dann wandte er sich Daniel zu. »Du musst Daniel sein.«
Daniel nickte. »Und du Georg.« Sie gaben sich die Hände.
»Der ist in Ordnung«, sagte Georg in meine Richtung und grinste. »Kommt rein, ich zeige euch die Küche.«
Ich musterte Daniel, der mir zu verstehen gab, dass

alles gut wäre. Dann folgten wir Georg auf einem Zickzackkurs zwischen den Baugeräten und Utensilien hindurch. Als wir in die Küche kamen, waren wir überrascht, dass diese bereits funktionstüchtig aussah. Noch überraschter war ich, als ich Dimitrij erblickte. Er wirkte gar nicht mehr so einschüchternd, wie ich ihn kennengelernt hatte. Er trug eine schwarze Kochjacke, auf der ›Dimitrij's‹ über dem Herzen eingestickt war, und hätte so jeder Kochshow im Fernsehen gut zu Gesicht gestanden. Er kam strahlend auf uns zu und hielt uns ein Tablett mit Häppchen hin. »Greift zu!«, sagte er und wir folgten seiner Aufforderung. Was immer es war, was er uns kredenzte, es war umwerfend. Daniel nickte mir anerkennend zu. »Köstlich«, sagte ich und griff gleich noch ein zweites Stückchen. Dimitrij strahlte.
Georg kam zu mir und umarmte mich. »Na, meine Liebe, kommst du bei aller Glückseligkeit noch zum Schreiben?« Er grinste.
»Na klar«, protestierte ich. »Mein neuestes Werk ist fast fertig. Ich bin mitten in der Überarbeitung.«
»Das freut mich. Hast du dir schon überlegt, wie du es der Öffentlichkeit präsentieren möchtest?«
Ich schüttelte den Kopf. »Nein. Ist irgendwie neu für mich, es unter eigenem Namen zu machen.«
Georg strahlte mich an. »Was hältst du davon, wenn wir hier eine Buchstartparty ausrichten? Das volle Pro-

gramm mit Lesung, Presse und allem Drum und Dran.«
Ich war sprachlos. Daniel schaltete sich ein. »Das ist eine tolle Idee, Schatz.« Ich sah von ihm zu Georg. »Klingt prima«, murmelte ich.
»Wir machen das«, beschloss Georg und zwinkerte in Richtung Daniel.
»Ich kümmere mich um das Marketing«, kündigte der an.

Geräusche aus dem Vorraum unterbrachen die Pläne. Georg ging nach vorne und kam nach einem kurzen Augenblick mit zwei weiteren Besuchern zurück.
»Hallo«, sagte Vanessa, und Paul winkte vorsichtig. Dann ging Vanessa auf Dimitrij zu, der etwas steif mit seinem Tablett vor ihr stand.
»Mitja, es ist echt toll, was ihr hier aufbaut.« Dann umarmte sie ihn, und er versuchte, dabei das Tablett nicht fallen zu lassen. Es gab ein komisches Bild. Die eher zierliche Vanessa hing an dem bulligen Dimitrij, der auf einer Hand ein Tablett balancierte. Als sie sich schließlich von ihm löste, kam sie zu mir und umarmte mich ebenfalls.
»Ach, ist das schön, euch wiederzusehen.«
Dann erblickte sie Daniel. »Wer ist denn dieser nette Kerl?«
»Ich heiße Daniel«, stellte er sich selber vor. Vanessa blickte von ihm zu mir und dann wieder zurück. »Ach,

der Daniel«, sagte sie nur und grinste. Es schien, dass sich meine Beziehung bereits herumgesprochen hatte. Vanessa nahm sich ein Häppchen von Dimitrijs Tablett und kam zu mir. »Scheint nett zu sein«, flüsterte sie mir ins Ohr und ich nickte nur.

»Aber ich muss gestehen, ich hatte gehofft, dass du und Sascha …«

»Er hat sich doch verlobt«, gab ich zu bedenken.

Vanessa löste sich von mir, steckte das Häppchen in den Mund und gab Dimitrij mit den zum O geformten Fingern das Zeichen, dass es prima schmeckte.

»Ach das«, sagte sie in meine Richtung. »Das wird niemals was. Keine Ahnung, was meinen Bruder da reitet.«

Dann ging sie zu Paul, der ebenfalls gerade dabei war, sich ein Häppchen zu nehmen. »Aber wir haben euch etwas mitzuteilen«, hob Vanessa bedeutungsvoll die Stimme an. Alle sahen zu ihr. Paul stopfte sich das Häppchen hastig in den Mund und schluckte heftig. Vanessa umarmte ihn. »Wir werden endlich heiraten.«

Georg schien die Ankündigung schon geahnt zu haben, denn er öffnete eine Sektflasche mit lautem Knall und füllte die Gläser. »Das freut mich für euch. Wurde ja jetzt auch Zeit«, befand ich und ging auf Vanessa zu, um sie zu beglückwünschen.

»Wo denn?«, fragte ich nach, bevor ich sie umarmte. Als ich mich wieder von ihr gelöst hatte, lächelte sie mich

an. »Wir wollen es nur im kleinen Kreis machen. Mit den großen Feiern hatten wir bisher ja kein Glück.« Sie lachte und stupste Paul an, der ebenfalls grinste. »Also nur enge Freunde und Familie. Georg und Dimitrij haben sich schon bereiterklärt, das Catering zu machen.«
Georg reichte den Sekt und nickte. Wir prosteten uns zu. Dann fuhr Vanessa fort: »Wir haben uns entschlossen, es in der Villa zu machen. Schließlich war das unser Traum und den wollten wir uns nicht kaputt machen lassen, nur weil mein Vater am Rad gedreht hat.«
»Finde ich toll«, sagte ich und hob das Glas. »Auf unser Brautpaar!«
Alle tranken, und ich musterte Daniel, der mich fragend ansah. Ich musste ihm wohl noch einiges erklären. »Erzähle ich dir, wenn wir zu Hause sind«, raunte ich ihm zu und hoffte, ihn damit nicht beunruhigt zu haben.

»Wann eröffnet ihr eigentlich«, wandte ich mich an Georg.
»Nächstes Wochenende«, erwiderte der. Ich sah durch die Tür in den Gastraum oder das, was mal ein Gastraum werden sollte. »In einer Woche? Da habt ihr euch aber ganz schön was vorgenommen.«
»Das klappt schon«, versicherte Georg. »Ihr seid natürlich alle zur Eröffnung eingeladen.« Er drehte sich zu mir und grinste. »Hast du Angst, dass wir nicht pünkt-

lich zu deinem Buchstart fertig sein werden?«
Ich schüttelte den Kopf. »Nein, nein, so war das nicht gemeint.«
»Wann hast du deinen Buchstart denn geplant?«, hakte Daniel nach, und ich sah ihn überrascht an.
»Äh, also, so richtig geplant hatte ich das bisher gar nicht. Bisher habe ich meine Bücher einfach auf den Plattformen hochgeladen, wenn sie fertig waren, und es auf Facebook bekannt gegeben. Da gab es nicht viel zu planen.«
Georg kam mit einem großen Terminkalender. »Was hältst du von Samstag in vier Wochen?« Ich nickte. »Ja, okay.«
»Vier Wochen sollten doch als Vorlauf genügen, nicht wahr, Daniel?« Der Angesprochene nickte ebenfalls. Ich hatte wohl nun eine Art Marketingmanager. War kein schlechtes Gefühl, nicht mehr alles alleine machen zu müssen. Ich hoffte, dies würde auch so bleiben, nachdem ich ihm die Geschichte mit der Entführung erzählt hatte.

XVII

Das Dimitrij's war ein Hit und ich war froh, dass wir den Termin für meine Buchstartparty früh genug vereinbart hatten. Denn nach der offiziellen Eröffnung war es fast unmöglich, dort einen Tisch geschweige denn das ganze Lokal zu reservieren.

»Bist du nervös?« Melanie sah mich fragend an, während ich in meiner Handtasche nach meinem Lippenstift kramte.

»Nein, überhaupt nicht«, erwiderte ich übertrieben affektiert, und wir mussten beide lachen.

»Das wird schon. Ist ja schließlich nicht dein erstes Buch.«

Ich hielt den Lippenstift triumphierend hoch. »Irgendwie ist es das schon. Es ist das erste Buch unter meinem richtigen Namen. Das erste Buch, das ich bei einer Buchstartparty selbst präsentieren werde. Die Presse wird dort sein. Jede Menge Menschen, hoffe ich. Nein, ich bin nicht nervös. Ich bin dem Herzinfarkt nahe.« Ich wartete keine Antwort ab, sondern drehte mich um und ging ins Bad, um den Lippenstift aufzutragen. Als ich wieder herauskam, hielt mir Melanie meinen Mantel hin. Ich schlüpfte hinein. Dann nahm ich das Buch vom Sideboard und betrachtete es. Amanda Schneider stand da in großen Lettern auf dem Titel. Ich strich über das Cover. Schon merkwürdig. Da hatte ich unzählige

Bücher geschrieben, hielt nun das erste gedruckte Exemplar mit meinem eigenen Namen in der Hand, und es kribbelte wie damals, als ich mein erstes Abigail-Madison-Buch im Online-Shop entdeckt hatte.
»Es kann losgehen«, sagte ich zu Melanie, und sie öffnete die Tür.
»Jawohl, Madame«, antwortete sie lachend und wir gingen hinaus.

Melanie lenkte den Wagen auf den Parkplatz vor dem Lokal. Wir stiegen aus und gingen auf den Eingang zu. Es dämmerte und die Beleuchtung war eingeschaltet. Melanie stoppte und wies auf die Leuchtschrift über dem Eingang. »Kaum zu glauben, dass es noch nicht mal ein Jahr her ist, seit wir dich befreien mussten, und jetzt das.« Ich folgte ihrer Hand mit den Augen und las die Beschriftung. »Da hast du recht. Kaum zu glauben.« Wir lachten und ich hakte mich bei ihr ein. Wir öffneten die Tür, über der in geschwungener Schrift der Name des Lokals leuchtete. ›Dimitrij's‹ strahlte dort in den Himmel.

Georg kam freudestrahlend auf uns zu, als wir das Lokal betraten. Die Tische waren teilweise beiseite geräumt und Stuhlreihen aufgestellt worden.
»Wow, mit wie vielen Leuten rechnest du denn?«, fragte ich verwundert, als ich die Anzahl der aufgestellten Stühle realisierte. Georg forderte mich auf, ihm

meinen Mantel zu geben. »Na, du bist eine Berühmtheit. Ich hoffe, die Stühle reichen aus.« Er nahm meinen Mantel. »Und dein Freund hat prima Marketing gemacht.« Er nickte in Richtung Daniel, der einen Infostand für den Buchverkauf aufbaute.
»Komm, ich zeige dir deinen Platz vorne.« Wir folgten ihm an den Stuhlreihen vorbei. Davor war ein kleiner Tisch mit einem Stuhl aufgestellt. Auf dem Tisch stand ein Mikrofon. Georg sah mich fragend an. »Alles okay so?«
Ich tätschelte seine Schulter. »Ich denke schon.«
Melanie schaltete sich ein. »Wo ist denn deine bessere Hälfte?«, wandte sie sich an Georg.
»In der Küche. Er ist, glaube ich, nervöser als du, meine Liebe«, sagte er in meine Richtung. »Er hat köstliche Kanapees für die Gäste komponiert. Kommt mit.«

Wir folgten Georg in die Küche, wo uns wildes Gewusel empfing. Über allem ragte Dimitrij. Er kam freudestrahlend auf uns zu. »Hallo, da seid ihr ja«, sagte er und steckte sich dann ein Kanapee in den Mund. »Da muss mehr Meerrettich drauf«, befahl er in Richtung eines schmächtigen Kerlchens, das sich sofort verzog. Ich betrachtete Dimitrij und musste lächeln. Mit seiner Kochmütze auf dem Kopf sah er aus wie eine Mischung aus Arnold Schwarzenegger als Terminator und dem dänischen Koch der Muppets.

»Es ist toll, dass ich meine Buchstartparty bei euch ausrichten darf. Aber dass ihr euch solche Mühe macht, ist mir unangenehm.«
»Quatsch«, antwortete Dimitrij und setzte ein entrüstetes Gesicht auf. »Für eine gute Freundin ist das selbstverständlich.«
»Danke«, hauchte ich und sandte Georg und ihm einen Kuss. Georg nahm meinen Arm. »Komm, wir gehen nach vorne und trinken ein Sektchen zur Beruhigung. Dann kann der Maître weiter arbeiten.«
Melanie und ich folgten ihm in den Gastraum. An der Seite waren Sektgläser aufgebaut und Georg begann, eine Flasche zu öffnen.
Jetzt kam auch Daniel zu uns und küsste mich auf die Wange. »Hallo, mein Schatz. Wie fühlst du dich?«
»Ganz okay, glaube ich.«
Georg reichte uns die Sektgläser. »Auf eine tolle Buchstartparty!« Wir prosteten uns zu.
»Hast du deine Eltern auch eingeladen?«, fragte Georg, als wir die ersten Schlucke genommen hatten. Ich verschluckte mich und musste husten. Melanie klopfte mir auf den Rücken. »Alles gut?«
»Ja, ja, habe mich nur verschluckt.« Ich atmete tief ein. »Ja, ich habe meiner Mutter Bescheid gesagt, aber sie werden nicht kommen.«
»Warum das nicht?«, fragte Georg.

»Du weißt doch, dass sie meine Schreiberei für nichts Richtiges halten.« Ich suchte Daniels Hand und ergriff sie.
»Eltern können so blöd sein!« Melanie verdrehte die Augen und wir mussten alle lachen.

Der Applaus wollte nicht enden. Der Raum war proppenvoll. Einige Zuschauer mussten sogar stehen. Georg hatte extra einen Scheinwerfer aufgebaut, der mich hoffentlich vorteilhaft ins Licht setzte. Der Nachteil daran war, dass ich so nur die vorderen Reihen der Zuschauer erkennen konnte. Ich hatte einen Teil meines Buches vorgetragen und dies mit Anekdoten rund um die Themen aus dem Buch gewürzt. Nach anfänglicher Nervosität hatte es mir immer mehr Spaß gemacht. Die Zuschauer reagierten auf meine vorgetragenen Szenen, und plötzlich wurde meine eigene Geschichte noch lebendiger für mich. Ein großartiges Gefühl.

Nun verneigte ich mich vor dem applaudierenden Publikum und bereute es innerlich, nicht vorher mal die Verbeugung geübt zu haben. Was, wenn ich absolut dämlich dabei aussah? Es lachte aber niemand, und so nahm ich an, dass es mir einigermaßen gelungen war. Als der Applaus abebbte, hob ein Mann, der hinter dem Publikum stand, die Hand. »Kann ich Ihnen eine Frage

stellen?«
»Selbstverständlich«, antwortete ich in seine Richtung.
»Danke«, sagte er und fuhr fort: »Die Geschichte Ihres Buches ist durch Ihre eigene Entführung inspiriert, nicht wahr?«
»Ja, das ist sie.«
»Wie realistisch sind die Figuren in der Geschichte?«
»Wie meinen Sie das?«
»Na, ich meine, der Sohn des Entführers, in den sich Ihre Protagonistin anscheinend verliebt. Hat der ein reales Vorbild?«
Ich musste kurz durchatmen und eine Antwort formulieren. »Wissen Sie, letztlich entstehen alle Figuren in meinem Kopf und werden durch meine Erfahrungen geformt. Jede Figur spiegelt daher reale Einflüsse und ist dennoch Fantasie.«
»Das mag sein. Aber es ist schon bezeichnend, dass es in Ihrem eigenen Entführungsfall eine sehr ähnliche Figur gab. Kann ich daraus schließen, dass Sie eine Liebesbeziehung mit Ihrem Entführer hatten?«
Ich musste schlucken und sah im Augenwinkel Daniel am Infostand stehen, der in meine Richtung sah. Ich suchte nach einer möglichst eloquenten Antwort, als aus den hinteren Reihen des Publikums ein Mann aufstand. Ich konnte wegen des Scheinwerfers nur Umrisse erkennen. »Ich finde, diese Fragen sind zu persönlich.

Das geht Sie gar nichts an.« Die Stimme ließ mich zusammenzucken. Die Zuschauer applaudierten, und der Fragesteller verzog das Gesicht. »Unsere Leser interessiert so etwas«, murrte er.
»Dann sagen Sie Ihren Lesern, dass Frau Schneider eine ehrenhafte Frau und hervorragende Schriftstellerin ist.«
»Moment mal, Sie sind doch …«, stotterte der Journalist, während ich versuchte, mich zu sammeln. Ich hielt mir die Hand über die Augen, um mehr erkennen zu können, und fand meine Vermutung bestätigt. Dort stand Sascha Kolesnikow inmitten des Publikums. Ich konnte es nicht fassen und sah zu Daniel, der ebenfalls in Richtung Sascha guckte. Ich sank in meinen Stuhl. Saschas Gesicht verschwand wieder hinter den Scheinwerferstrahlen. Georg kam zu mir und wandte sich an das Publikum. »So, meine Damen und Herren. Dort drüben finden Sie das neue Buch von Frau Schneider. Erwerben Sie ein Exemplar, das Ihnen die Autorin gerne signieren wird. Wir haben ein paar Kanapee für Sie kreiert. Greifen Sie zu!«

Ich packte ihn am Arm und zog ihn zu mir herunter, sodass ich ihm etwas zuflüstern konnte. »Hast du gewusst, dass Sascha kommen würde?«
Georg schüttelte heftig den Kopf und hob zwei Finger zum Schwur. »Ich schwöre, ich hatte keine Ahnung.«
»Aber du hättest mich ruhig vorwarnen können, als er

angekommen ist.«
»Schatz, ich wollte dich nicht nervös machen.«
Eine Dame kam zu uns und hielt mir mein Buch entgegen. »Würden Sie es mir wohl signieren?«
Ich ließ Georg los und schenkte der Frau ein Lächeln. »Natürlich, gerne.« Ich nickte Georg zu und nahm das Buch. Es bildete sich gleich eine Schlange, und ich war eine Weile damit beschäftigt, Bücher zu signieren.

Wieder stand eine Dame vor mir und hielt mir ein Buch hin. »Mutter, ich hatte keine Ahnung, dass du kommen würdest«, rief ich erstaunt.
»Aber natürlich, Amanda. Dein Vater ist verhindert, aber ich wollte es mir nicht nehmen lassen. Wenn unsere Tochter als erfolgreiche Schriftstellerin auftritt, da müssen wir doch dabei sein.«
Ich starrte sie ungläubig an. »Für Gisela«, sagte sie und lächelte. Ich schüttelte den Kopf und schlug die erste Seite des Buches auf.

Während ich Bücher signierte, versuchte ich im Augenwinkel, das umherstehende Publikum zu beobachten. Manchmal traf sich mein Blick mit Daniel, der fleißig Bücher verkaufte. Ich konnte Sascha nirgends entdecken. War er wieder gegangen? Doch dann sah ich ihn in der Schlange, die für eine Widmung anstand.

Hastig schrieb ich meinen Namen in die Bücher, bis er an der Reihe war.

»Bitte entschuldige, dass ich so unangemeldet hier auftauche, aber ich habe erst heute von deiner Neuerscheinung erfahren und wollte es nicht versäumen, bei der Premiere dabei zu sein.«

»Das ist schön«, stammelte ich. Sascha hielt mir sein Buch hin. »Ich bin schon sehr gespannt, ob sie sich am Ende kriegen.« Er grinste.

Ich schlug das Buch auf, um meine Widmung hineinzuschreiben, als Daniel auftauchte.

»Ist er das?«, raunte er mir zu, während er Sascha fixierte. Ich nickte schwach. Daniel postierte sich direkt neben Sascha.

»Ich finde es unmöglich, dass Sie hier auftauchen.«

»Was geht Sie das an?« Sascha musterte Daniel. Der ballte die Fäuste. Die beiden würden sich doch jetzt nicht prügeln? »Darf ich vorstellen? Daniel, mein Freund«, versuchte ich, die Wogen zu glätten. Sascha sah von mir zu Daniel und zurück. »Meinen Glückwunsch«, sagte er. »Da haben Sie eine gute Wahl getroffen. Achten Sie gut auf sie.«

Ich hatte das Gefühl, dass mir die Sinne schwinden würden. Der Journalist von vorhin stand etwas abseits und zückte seinen Fotoapparat. Das Blitzlicht konnte ich noch wahrnehmen. Auch, dass einige der Besucher ihr

Smartphone zückten. Super, morgen würden Bilder durch das Netz geistern, auf denen ich mit offenem Mund Sascha anstarrte und dann ohnmächtig wurde. Ich hoffte, das würde wenigstens gute PR für mein Buch abgeben. Dann wurden meine Knie weich.

Ich spürte Hände, die mich tätschelten, und vernahm eine Stimme, die meinen Namen rief. Als ich die Augen öffnete, sah ich das besorgte Gesicht von Daniel. »Da bist du ja wieder«, sagte er. Ich wollte mich aufrichten, aber mein Kopf brummte heftig. Ich ließ mich wieder sinken. Dabei konnte ich hinter Daniel ein bekanntes Gesicht erkennen.
»Tut mir leid«, versuchte ich zu sagen und irgendwie gelang es mir auch. »Quatsch, das muss dir nicht leidtun. War einfach ein sehr aufregender Tag für dich«, erwiderte Daniel.
»Ich wollte dich nicht erschrecken.«
Hinter Daniel tauchte Sascha auf, und Daniel warf ihm einen ziemlich bösen Blick zu.
»Du hast mich nicht erschreckt«, schaffte ich, schon deutlicher zu erwidern.
»Sie gehen jetzt besser«, wandte sich Daniel an Sascha. »Sie sehen doch, dass Sie sie nur aufregen.«
Ich wollte etwas sagen, aber Sascha warf mir eine Kusshand zu. »Ist schon gut. Ich gehe. Viel Erfolg mit deinem Buch.« Er winkte mir zu, erhob sich und ging.

»Wusstest du, dass dieser Typ kommen würde?« Ich saß schon wieder aufrecht, hatte einen Schluck getrunken und meine Systeme schienen wieder ordnungsgemäß zu funktionieren. Daniel sah mich fragend an. Ich schüttelte den Kopf. »Nein, ehrlich. Ich hatte keine Ahnung.«

Daniel war der Ärger anzusehen. »Was für ein unmöglicher Kerl. Er entführt dich und dann taucht er hier dreist auf, als du dein Buch zum Geschehen präsentierst. Der hat sie doch nicht mehr alle!«

»Na ja, eigentlich war es ja eher sein Vater, der mich entführt hat«, gab ich zu bedenken.

Daniel sah mich an. »Aber er steckte da mit drin. Jetzt verteidige ihn nicht auch noch.«

Ich tätschelte seinen Arm. »Danke, dass du für mich da bist.«

Er lächelte. »Ist doch selbstverständlich.«

»Ach, Kind, ist alles gut?« Meine Mutter hatte ich ja ganz vergessen. Insgeheim hatte ich gehofft, sie sei längst gegangen und hätte mein Malheur nicht miterlebt. Sie küsste mich auf den Kopf und musterte dann Daniel.

»Ich bin Amandas Mutter«, stellte sie sich vor. »Und wer sind Sie?«

Daniel zuckte zurück. Das war das erste Mal, dass ich so etwas wie eine Unsicherheit bei ihm bemerkte. Meine

Mutter konnte eben ziemlich angsteinflößend sein.
»Ich … ich bin ihr Freund«, sagte er und benötigte einen Augenblick, um wieder seine Sicherheit zu finden. »Daniel Wissmann.« Er hielt ihr seine Hand hin und meine Mutter ergriff sie zögerlich.
»Wieso weiß ich nichts von Ihnen?«
Diese Frage war eher an mich gerichtet, daher antwortete ich auch.
»Es gab noch keine Gelegenheit, dir von ihm zu erzählen.« Meine Mutter verzog das Gesicht. »Sind Sie auch Künstler?«
Daniel schüttelte den Kopf. »Nein, nein, ich helfe Amanda nur. Ich bin Unternehmensberater.«
»Er hilft Firmen, die in Schwierigkeiten geraten sind«, ergänzte ich und war über den Gedanken erschrocken, dass ich Daniel vor meiner Mutter gut aussehen lassen wollte. Daniel nickte zur Bestätigung meiner Aussage.
»Kind, du musst diesen jungen Mann mal mit zu uns bringen. Dein Vater würde sich sicher gerne mit ihm unterhalten.«
Fast wäre aus mir herausgeplatzt, dass dies das Letzte wäre, was ich wollte, aber stattdessen gab ich nur einen undefinierbaren Laut von mir, den meine Mutter offensichtlich als Zustimmung deutete. Daniel fand den Gedanken anscheinend weniger abschreckend und antwortete. »Gerne. Ich würde mich gerne mal mit

Ihrem Mann unterhalten.«
Ich sandte ihm einen missbilligenden Blick, und er lächelte entschuldigend. Dann richtete er sich auf und wandte sich an meine Mutter. »Vielleicht gibt es schon bald eine gute Gelegenheit zu einem Gespräch.«
Er sah in meine Richtung, und ich versuchte zu erkennen, was er vorhatte. Dann kramte er in seiner Hosentasche und kniete sich vor mich hin. »Meine liebe Amanda«, begann er, und ich war mir nicht sicher, ob ich die nächste Ohnmacht würde verhindern können.
Lass das, wollte ich ihm sagen, doch ich traute mich nicht. Ich sah meine Mutter, deren Blick auf Daniel gerichtet war. Georg und Melanie drehten sich zu uns, und Daniel war nicht aufzuhalten. »Eigentlich wollte ich dich direkt nach deiner Lesung vor deinen Fans gefragt haben, aber dein Entführer kam mir dazwischen. Aber jetzt, da deine Mutter hier bei uns ist, ist dies eine gute Gelegenheit.« Er klappte das Kästchen auf, das er aus seiner Tasche gezogen hatte und ein Diamant funkelte mir entgegen. »Willst du meine Frau werden?«
»Hast du sie noch alle?«, zischte ich, aber Daniel schien mich nicht zu verstehen.
»Was meinst du, Schatz?«, hakte er stattdessen nach. Wir kannten uns doch gerade erst. Es war verrückt. Andererseits hatte ich nicht immer ein normales Leben

leben und den Ansprüchen meiner Umgebung genügen wollen? Dies war meine Chance dazu. Meine Freunde starrten mich an. Das verbliebene Publikum starrte mich an. Meine Mutter musterte mich, und sie schien sogar erwartungsfroh zu strahlen. Ihre Tochter hatte doch einen Mann gefunden, der auf den ersten Blick in Ordnung zu sein schien. Ich war sicher, dass sie der Gedanke sehr beruhigte. Zum Glück war wenigstens dieser Journalist nicht mehr da. Dafür wurden aber schon wieder Smartphones gezückt. Konnte ich wirklich meinem ersten Impuls folgen, aufspringen und so schnell wegrennen, wie ich nur konnte? Würde ich wieder nur alle enttäuschen und jede Chance auf etwas Glück für immer zerstören? Daniel war ein lieber Kerl. Er sah gut aus, hatte einen guten Job und war immer für mich da. Es gab keinen Besseren. Warum zögerte ich also? Ich sah von dem Edelstein zu Daniel.

»Ja«, hauchte ich und löste großen Jubel aus. Daniel küsste mich, Melanie stürzte auf uns zu, und Georg ließ einen Korken knallen. Selbst meine Mutter lächelte.

»Ich erwarte aber, dass Sie ordnungsgemäß beim Vater der Braut um Erlaubnis fragen«, forderte sie, und Daniel sah zu ihr. »Selbstverständlich, Frau Schneider«, sagte er und irgendetwas in meinem Bauch meldete sich zu Wort. Anscheinend hatte sich mein Körper immer noch nicht auf das Glück eingestellt.

XVIII

Ich sollte stapelweise Hochzeitsmagazine vor mir liegen haben und Pläne schmieden. Doch ich konnte es nicht. Daniel war derjenige, der mich immer wieder aufforderte, mir Gedanken zu machen. Zuerst mussten wir einen Termin für die Hochzeit finden. Daniel hatte derzeit ein Projekt, das ihn zwang, unter der Woche weg zu sein. Ich bestand aber darauf, dass er sich an den Vorbereitungen beteiligte. Daher war erst eine Terminsuche möglich, wenn dieses Projekt beendet sein würde. Sehr zum Unmut meiner Eltern, die es nicht erwarten konnten, ein großes Event zu organisieren. Es erschien mir, als ob meiner Mutter plötzlich wieder eingefallen wäre, dass sie eine Tochter hatten. Sie erzählte ihren Freundinnen im Golfclub und sonst wo von meinen Büchern. Ich bekam dann Anrufe von ihr, in denen sie mir berichtete, wie beeindruckt die eine oder andere Frau der Gesellschaft von mir wäre. Auch konnte ich den offiziellen Vorstellungstermin von Daniel bei meinen Eltern nicht länger hinauszögern, und so standen wir an dem nächsten Wochenende, an dem Daniel zurück war, vor der Tür der Schneider-Villa, und ich drückte die Türglocke. Eine Hausangestellte, die ich nicht kannte, öffnete. Es war nicht ungewöhnlich, dass die Hausangestellten häufig wechselten im Hause Schneider. Ich erinnerte mich an meine Kindheit und an Betty. Sie war meine Nanny, würde man heute sagen. Ich liebte sie. Eigentlich kam sie aus Polen, hatte einen entsprechend unaussprechlichen Namen und war daher von meiner Mutter kurzerhand in Betty umbenannt worden. Während meine Mutter damals ihren gesellschaftlichen Pflichten nachging, war Betty für mich da. Sie war es, der ich von meiner ersten Liebe in der achten Klasse erzählte. Sie war es, die für mich da war, als ich meine erste Periode bekam. Sie sagte mir auch immer, dass ich schön sei und dass ich mir aus den Feststellungen meiner Mutter nichts machen sollte. Es wäre nur die Art meiner Mutter, mir zu sagen, dass sie mich lieben würde. Ich glaubte ihr schon damals nicht, aber fand es schön, dass sie sich um mich kümmerte. Am Tag meines fünfzehnten Geburtstages war sie verschwunden. Sie habe gekündigt und wäre zurück nach Polen gegangen, hatten mir meine Eltern gesagt. Ich konnte nicht glauben, dass Betty gehen würde, ohne sich bei mir zu verabschieden. Innerlich wusste ich, dass meine Eltern sie rausgeschmissen hatten, weil sie glaubten, Betty würde meiner Entwicklung im Wege stehen. Damals erkannte ich, dass meine Eltern mich nicht liebten. Dass es Liebe nicht gab. Es gab nur Egoismus. Jeder dachte nur an sich, und wenn ein Mensch dazu passte, dann war es in Ordnung. Passte er dagegen nicht in die eigenen Vorstellungen, dann wurde er einfach weggestoßen.

Die Hausangestellte führte uns ins Wohnzimmer. Mein Vater saß im Sessel und erhob sich, als wir hereinkamen. Er kam auf uns zu.
»Schön, dass ihr da seid«, begrüßte er uns. Er nickte mir kurz zu und hielt dann Daniel seine Hand entgegen.
»Es freut mich, Sie endlich kennenzulernen.«
Daniel ergriff die Hand. »Ich freue mich auch, Herr Schneider.«
Meine Mutter kam herein. »Ach, da seid ihr ja, Kinder.« Sie nahm mich in den Arm, und ich war überrascht über die Geste. Daher stand ich etwas steif. Dann begrüßte sie Daniel herzlich.
»Setzt euch doch, Kinder«, sagte sie. »Ich habe Kaffee und Kuchen vorbereitet. Du magst doch Schwarzwälder-Kirsch-Torte?«, wandte sie sich an Daniel. Der nickte und ich musste an mich halten, nicht laut loszuprusten. Schließlich wusste ich, dass meine Mutter sicherlich keinen Handschlag gerührt, sondern lediglich die Hausangestellten herumkommandiert hatte. Und die Torte war garantiert von der besten Konditorei am Platze geliefert worden.

Wir setzten uns, und meine Mutter hastete wieder aus dem Zimmer. Mein Vater wandte sich Daniel zu. »Nun, Daniel, – ich darf doch Daniel sagen? – ich habe gehört, du berätst Firmen, die in Schieflage geraten sind?«

Daniel nickte. »Ja, Herr Schneider …«
»Ach, nenn mich bitte Bernd«, unterbrach ihn mein Vater. »Du gehörst ja nun zur Familie.« Ich wartete auf den Moment, an dem mein Vater Daniel auffordern würde, ihn Vater zu nennen. Glücklicherweise schien er darauf zu verzichten. Daniel begann von seinen Projekten zu berichten, während die Hausangestellte den Kaffee und den Kuchen hereinbrachte, immer verfolgt von meiner Mutter, die jeden ihrer Handgriffe beobachtete. Ich war mir sicher, ich bräuchte den Namen der Hausangestellten gar nicht erst in Erfahrung zu bringen. Sie würde nicht lange bleiben.

»Kennst du Schneider Elektronik?«, fragte mein Vater.
»Natürlich. Ihre Firma ist eines der bedeutendsten Unternehmen der Stadt. Wer kennt es nicht?«, antwortete Daniel.
Mein Vater lächelte. »Ich will ehrlich sein. Ich habe mich natürlich vorab über dich erkundigt.«
Daniel sah ihn mit großen Augen an, und auch meine Aufmerksamkeit hatte mein Vater auf sich gelenkt. Ich ahnte nichts Gutes.
»Deine Referenzen sind hervorragend«, fuhr mein Vater fort. »Ich sprach mit dem Vorstandsvorsitzenden der Großmann AG – wir golfen gelegentlich zusammen, und du hast sie vor zwei Jahren beraten – und er lobte

dich in höchsten Tönen.«
»Oh, danke«, stammelte Daniel.
»Nun, es war immer mein Wunsch, dass meine Tochter die Firma eines Tages weiterführen würde.« Er sah zu mir und senkte seinen Blick. »Aber sie hat sich für eine künstlerische Karriere entschieden.« Wieder machte er eine Pause und ich überlegte, ob ein Vorwurf in seiner Formulierung lag. »Du kannst dir nun sicher denken, was ich sagen möchte«, fragte mein Vater in Richtung Daniel, und der sah ihn gebannt an. Mein Vater wartete keine Antwort ab. »Nun, jemand mit deinen Erfahrungen und deiner Kompetenz können wir in unserer Firma gut gebrauchen. Ich möchte dir daher anbieten, in die Geschäftsführung bei Schneider Elektronik einzutreten. Was meinst du?« Ich musste mich auf mein Atmen konzentrieren, um nicht zu hyperventilieren. Ich hatte es geahnt. Ach was, ich hatte gewusst, dass dies geschehen würde. Warum versetzte es mir dennoch einen solchen Schlag in die Eingeweide? Daniel wusste, wie ich darüber dachte. Er sah mich an, lächelte und drehte sich dann wieder zu meinem Vater.
»Ich fühle mich sehr geehrt durch dein Angebot.« Er machte eine Pause, dann atmete er ein. »Ich würde lügen, wenn ich sagen würde, die Aufgabe würde mich nicht reizen. Aber es ist natürlich eine wichtige Entscheidung, und ich hätte gerne etwas Bedenkzeit. Auch

um es mit Amanda in Ruhe besprechen zu können.«
»Das verstehe ich. Denk darüber nach und besprecht es untereinander.« Mein Vater lächelte und ich spürte nach, ob mein Herz noch schlug.
»Aber eine Sache gibt es noch, die du bitte mitbedenken solltest«, setzte mein Vater an. Ich rechnete damit, dass Daniel nun seine Seele verkaufen sollte oder irgendetwas anderes möglichst Martialisches. »Wenn ihr heiratet, müsstest du den Namen Schneider annehmen. Schließlich soll die Firma doch weiter von einem Schneider geführt werden.« Daniel sah vorsichtig in meine Richtung. *Verkaufe nicht deine Seele,* wollte ich ihm zurufen, aber ich war wie gelähmt. Stattdessen wandte sich Daniel an meinen Vater. »Wir werden das besprechen«, sagte er, aber ich wusste, er wollte es. Er hatte seine Seele längst hergegeben.

»Nun sag doch was«, forderte mich Daniel auf, als wir auf dem Heimweg waren.
»Was soll ich denn sagen?«
»Ich kann das Angebot deines Vaters nicht ablehnen.«
Ich drehte mich zu ihm. »Warum nicht?«
»Es ist eine einmalige Chance. Ich muss doch schließlich an unsere Zukunft denken.«
»Ach ja? Vielleicht hast du es ja noch nicht mitbekommen, wir leben im 21. Jahrhundert. Frauen können gut für sich alleine sorgen. Du hast ebenfalls ein gutes Aus-

kommen. Also, warum?«

Er nahm eine Hand vom Lenkrad und legte sie auf meinen Arm. »Schatz, ich will doch nicht mein ganzes Leben immer nur unterwegs sein. Was, wenn wir mal Kinder haben? Meinst du, da will ich wochenlang nicht zu Hause sein können?«

»Du hättest überall sonst einen Job gefunden. Es muss nicht die Firma meines Vaters sein.«

»Es ist doch letztlich auch deine Firma. Willst du sie denn nicht für uns und unsere Kinder bewahren?«

»Rede nicht ständig von unseren Kindern. Ich weiß doch gar nicht, ob ich überhaupt Kinder will. Es geht jetzt auch nicht um irgendwelche Kinder. Es geht darum, dass du mir in den Rücken gefallen bist. Du weißt ganz genau, dass ich einen möglichst großen Abstand zwischen uns und meinen Eltern wahren möchte. Und jetzt willst du sogar unseren Namen annehmen. Du willst ein Schneider werden, während ich immer nur versucht habe, keine Schneider mehr zu sein.«

»Schatz, es ist ja noch nichts entschieden. Wir reden später noch einmal darüber, in Ordnung?« Er sah kurz zu mir.

Ich konnte nicht antworten. Nichts war in Ordnung, aber jetzt war auch nicht der Zeitpunkt, es zu regeln. Zumal ich keine Ahnung hatte, was ich wie regeln wollte. »In Ordnung«, sagte ich wider besseren Wissens. »Lass uns später darüber reden.«

Das Wochenende verging, ohne dass wir dieses heikle Thema wieder ansprachen. Dann brach Daniel in seine nächste Projektwoche auf, und ich versuchte, das Konzept für mein nächstes Buch zu erarbeiten. Aber mir wollte nichts einfallen, und so entschloss ich mich, zur Mittagspause ins Bistro zu gehen und Melanie von den Geschehnissen des Wochenendes zu berichten.

Sie begrüßte mich mit einer Umarmung. »Na, fleißig in Hochzeitsplanungen?«
Ich schüttelte den Kopf. »Nein, wir können noch keinen geeigneten Termin finden.«
»Das wird schon. Mittagstisch und Tee?«
Ich nickte. Sie ging zur Theke. Ich setzte mich auf meinen Stammplatz und starrte ins Leere, bis Melanie mit dem Tee an den Tisch kam und ihn vor mir hinstellte.
»Kannst dir ja nächstes Wochenende Inspiration holen.« Sie lächelte mich an. »Weißt du schon, was du anziehen wirst?« Ich nippte an dem Kaffee und sah zu ihr. »Vanessa hat gesagt, dass noch alle Kleider da sind, die für mich angeschafft wurden. Ich werde wohl das Kleid vom ersten Hochzeitsversuch anziehen.«
»Oh, wie schön. Ich erinnere mich. Du sahst toll darin aus. Ach ja, nehmt ihr mich mit am Freitag?«

Ich nickte. »Klar.«
Sie musterte mich. »Was ist los?« Ich atmete tief ein, dann berichtete ich ihr von unserem Besuch bei meinen Eltern. Als ich geendet hatte, klopfte Melanie mir auf die Schulter.
»Ach, komm. Mach dir nicht so viel Gedanken. Vielleicht wird es doch ganz gut. Zumindest habt ihr finanziell ausgesorgt. Das ist eine Menge wert, glaub mir.«
Ich sah sie an und legte meine Hand auf die ihre.
»Ich weiß. Trotzdem habe ich das Gefühl, ich müsste dann mein Leben aufgeben.«
»So muss es ja nicht kommen.« Aus der Küche erklang ein Bimmeln. »Dein Essen«, stellte Melanie fest und ging nach hinten.

Daniel war recht wortkarg, als wir uns auf den Weg machten und vor Melanies Wohnung hielten. Sie stand bereits auf der Straße und erwartete uns. »Hallo, ihr zwei«, begrüßte sie uns freudig, als sie einstieg. Sie umarmte mich vom Rücksitz aus und klopfte Daniel auf die Schulter. Dann ließ sie sich in den Sitz fallen. »Prima, dass ihr mich mitnehmt. Georg und Dimitrij haben ja noch so viel mit dem Catering zu tun.« Sie lehnte sich vor. »Und glaub mir, ein nervöser Georg ist schon schwer zu ertragen, aber wenn dem Bullen Dimitrij die Nerven flattern, ist man besser nicht in seiner

Nähe.« Ich musste an Dimitrij mit Kochmütze denken. »Smörrebröd, Smörrebröd, röm pömp pömp pöm«, sang ich, und alle lachten herzhaft.

Je näher wir dem Ziel kamen, desto deutlicher murrte mein Magen. Es war ein merkwürdiges Gefühl, die Straßen entlang zu fahren, die ich mir beim letzten Mal einprägen wollte, um einen Fluchtweg zu haben. Nun fuhr ich die Strecke freiwillig und freute mich sogar etwas darauf, Vanessa und Paul wiederzusehen. Die beiden, deren Liebe trotz aller widrigen Umstände Bestand hatte. Sie waren die Menschen, die meine Theorie über die Unmöglichkeit der Liebe mächtig ins Wanken gebracht hatten, und nun fuhr ich zu ihnen, mit meinem zukünftigen Ehemann an meiner Seite.

Wir bogen auf die Einfahrt zur Villa ein. Der Kies knirschte unter den Reifen, bis wir schließlich vor dem Eingang hielten. »Wow, nicht schlecht«, stellte Daniel fest. »Ein bisschen wie aus einem Märchen.«
»Irgendwie ist es das ja auch«, bemerkte ich schmunzelnd. »Ich hab's schließlich erfunden.«
Melanie lachte. »Dann wollen wir mal sehen, ob uns jetzt endlich Lord Huddleston die Ehre geben wird.«
Aber ich dachte in diesem Moment gar nicht an meine Fantasiefigur. Die Person, an die ich denken musste, war höchst real. Doch es waren Vanessa und Paul, die uns entgegenkamen.

»Toll, dass ihr hier seid.« Vanessa umarmte mich, als ich aus dem Auto gestiegen war, während Paul Daniel und Melanie begrüßte. »Ich habe dein altes Zimmer herrichten lassen, wie versprochen«, fügte Vanessa an.

Wie sich das anhörte! War das Zimmer nicht mal eine Art Gefängnis gewesen? Na gut, ein sehr luxuriöses Gefängnis.

»Wie fühlst du dich, Schatz?« Daniel wuchtete meinen Koffer auf den dafür vorgesehenen Hocker.

»Okay«, antwortete ich und sah mich im Zimmer um. Nichts hatte sich verändert. Ich ging in den Kleiderschrank und betrachtete die Kleider, die alle noch brav in Reih und Glied hingen. Daniel trat hinter mich und legte seine Hände auf meine Schultern. »Nicht schlecht«, raunte er und pustete in meinen Nacken. Ich drehte mich zu ihm, und wir küssten uns.

»Ja, sie hatten sich ziemlich große Mühe gemacht.«

Daniel sah mich an. »Dass du das so kannst …«

»Was meinst du?«

»Na, immerhin bist du gewaltsam hierher entführt worden. Es wäre nicht ungewöhnlich, wenn dies Traumata auslöste. Aber du bist völlig ruhig. Man könnte fast den Eindruck haben, du freust dich geradezu.«

Ich legte meine Arme um seinen Hals. »Ja, ich weiß. Aber irgendwie verbinde ich gar nichts Negatives mit diesem Ort. Diese Entführung hat mir gezeigt, wer ich

bin. Dadurch habe ich mein Leben entscheidend verändert. Ich habe dich kennengelernt und werde bald heiraten. Und ich mag Vanessa und Paul irgendwie.«
»Und den Bruder auch?«
Ich nahm Daniels Kopf in die Hände und drehte ihn so, dass wir uns in die Augen sahen. »Ich heirate dich.« Dann küsste ich ihn.

Als wir den Speisesaal betraten, saßen bereits alle um den großen Tisch und unterhielten sich. Das Stimmengewirr stoppte abrupt, als wir an den Tisch traten. Vanessa winkte. »Kommt hierher.« Sie zeigte auf zwei freie Plätze neben sich, doch ich hatte sofort registriert, wer dort gegenüber saß. Sascha sah in unsere Richtung und lächelte. Ich fasste Daniels Hand und wir gingen zu den freien Plätzen. »Hallo«, sagte ich in Saschas Richtung, als Daniel mir den Stuhl vom Tisch zog und ich mich setzte. Sascha nickte und sandte mir nur ein knappes Hallo zurück. Vanessa strahlte mich an. »Ach, es ist so schön, dass ihr hier seid.« Dann schlug sie mit einer Gabel gegen ihr Glas und erhob sich.
»Hallo, ihr Lieben«, begann sie. »Ich, äh, wir freuen uns riesig, dass ihr zu unserer kleinen Hochzeitsfeier gekommen seid. Ich kann mir vorstellen, dass nicht jeder eine gute Erinnerung an diesen Ort hat.« Sie sah zu mir, und ich gab ihr mit einem Lächeln zu verstehen, dass sie sich keine Sorgen machen brauchte. »Aber Paul

und ich hatten den Traum, an einem solchen Ort zu heiraten.« Sie sah zu Paul, der ihre Hand ergriff und sie anlächelte. »Diesen Traum wollten wir uns nicht zerstören lassen und es bedeutet uns sehr viel, dass ihr nun mit uns hier seid.« Sie schluckte. Dann hob sie ihr Glas. »Auf euch!«
»Auf eure Hochzeit«, meldete sich Sascha zu Wort und alle wiederholten es. »Auf eure Hochzeit!«, schallte es durch den Raum. Vanessa setzte sich wieder, und Paul gab ihr einen Kuss. Ich beugte mich vor zu ihr. »Kommt dein Vater nicht?«
Vanessa schüttelte entschieden den Kopf.
»Er möchte derzeit nicht nach Deutschland kommen, und ich habe ihm gesagt, dass ich mir nicht wieder die Hochzeit durch seine Eskapaden verderben lasse.«
»Das tut mir leid.«
Vanessa ergriff meine Hand. »Ist schon gut. Sascha wird mich hereinführen.« Sie sah zu ihrem Bruder, der sie anlächelte.
»Wo ist denn deine bessere Hälfte?«, konnte ich mir nicht verkneifen, mich an Sascha zu richten.
»Wir haben uns getrennt«, murrte der.
»Oh, das ging aber schnell«, stellte ich fest und ärgerte mich etwas über meinen schnippischen Unterton.
Doch Sascha lächelte nur. »Schön, dass bei euch alles in Ordnung ist.«

Ich löste mich von Vanessa und legte stattdessen meinen Arm um Daniel, der mich missmutig ansah. »Ja, das ist es. Wir werden auch bald heiraten.«

»Glückwunsch«, murmelte Sascha und nahm einen Schluck aus seinem Weinglas. »Ihr legt aber auch ein ziemliches Tempo an den Tag«, fügte er an.

Ich gab Daniel einen Kuss auf die Wange. »Tja, wo die Liebe hinfällt«, erwiderte ich.

Sascha nickte. »Ja, das kann ganz schön umwälzend sein.« Dann wandte er sich an Daniel. »Darf ich fragen, was du beruflich machst?«

»Ich bin Unternehmensberater«, antwortete Daniel kurz angebunden.

»Oh, prima.«

»Ja, und er wird in Vaters Firma einsteigen«, ergänzte ich und wunderte mich im selben Moment, warum ich dies erwähnte. Sascha zog die Augenbrauen hoch. »Aha? Wie schön, dass du wieder zur Familie zurückkehrst.« Er sah mich durchdringend an, und es fühlte sich an, als ob mir ein Dolch geradewegs durch die Eingeweide getrieben würde. Ich war selber schuld und hatte ihm eine Vorlage geliefert. Er musste nicht viel tun, um mir einen Stich zu versetzen. Ich sah zu Daniel, der auf sein Glas starrte. Dann blickte er auf. Zuerst zu mir und dann zu Sascha.

XIX

»Was bildest du dir ein, ihr irgendwelche Vorhaltungen machen zu können?« Daniel war aufgesprungen und funkelte Sascha an, den, wie uns alle, Daniels plötzlicher Ausbruch überrumpelt hatte. Ihm war anzusehen, dass er nach Worten suchte, doch Daniel hatte anscheinend keine Lust, ihm großartig Zeit dazu zu geben. Er legte weiter los. »Es ist toll, dass sich Amanda und ihre Familie wieder annähern, und es ist eine Sauerei, dass du versuchst, einen Keil zwischen sie und ihre Familie zu treiben und zwischen uns.« Daniel hatte sich halb über den Tisch gelehnt und war weiter an Sascha herangerückt. »Du solltest nicht einmal hier sein. Du gehörst in den Knast. Du hast meine Freundin gewaltsam entführt. Es ist eine Schande, dass du nicht verknackt worden bist.« Daniel richtete sich auf und alle starrten ihn an. In mir kreisten die Gedanken um die Frage, was ich tun sollte. Zuerst wollte ich Daniel beruhigen. Dazu fasste ich seine Hand, und er sah zu mir hinunter.

»Bitte beruhige dich«, flüsterte ich ihm zu. Doch Daniels Blick zeigte, dass er nicht vorhatte, sich zu beruhigen. Sascha hatte sich von der Überraschung erholt und richtete sich ebenfalls auf. »Was fällt dir ein, hier so rumzuschreien? Dir geht es doch gar nicht um Amanda. Du willst doch bloß in Papis Firma. Dabei ignorierst du völlig ihre Wünsche.«

»Das geht dich einen Scheißdreck an!«, schrie Daniel.
»Einer muss es dir doch sagen und Amanda beiseitestehen«, erwiderte Sascha und beide lehnten sich noch weiter zueinander, sodass sich ihre Nasenspitzen beinahe berührten. Glücklicherweise stand der Tisch zwischen ihnen und verhinderte Schlimmeres.
»Hey«, schrie ich dazwischen. »Ich kann gut auf mich selbst aufpassen. Hört jetzt gefälligst auf, euch wie Kinder zu benehmen.« Beide sahen zu mir und ich nutzte die Chance. »Jetzt setzt euch!«
Sie ließen sich langsam wieder auf ihre Stühle fallen, aber ohne den anderen aus den Augen zu lassen. Es war still. Niemand sagte ein Wort. Nur zu meiner Seite war ein leises Schluchzen zu vernehmen. Ich drehte mich in Richtung des Geräuschs und sah Vanessa, die weinte, und sich an Pauls Schulter lehnte. Sie löste sich aus Pauls Umarmung und stand auf. »Ihr seid unmöglich«, rief sie, und dann rannte sie schluchzend aus dem Raum. Paul sandte einen missbilligenden Blick in unsere Richtung und folgte ihr.
»Das habt ihr ja prima hingekriegt.« Ich fluchte leise.
Daniel funkelte mich an. »Verdammt nochmal, ich habe dich verteidigt. Du könntest ruhig zu mir stehen.« Auch er sprang auf und verließ den Speisesaal.
Nur noch Sascha und Melanie waren geblieben. Georg kam aus der Küche mit einem Tablett. »Das Dessert ist

fertig.« Dann sah er sich um. »Wo sind denn alle?«
»Weg«, sagte Melanie. »Komm, bring den Süßkram! Können wir jetzt gebrauchen.«

Ich hatte überlegt, ob ich Daniel nicht folgen müsste. Doch irgendetwas in mir wollte nicht. Ich musste mir eingestehen, dass ich Sascha recht gab. Die neue Nähe zu meiner Familie behagte mir nicht. Es fühlte sich so an, als ob meine zukünftige Ehe für Daniel nur Vorzüge bot, aber viele Fallen für mich. Ich löffelte an der hervorragenden Mousse, die Georg vor uns platziert hatte, und sah vorsichtig zu Sascha. Er bemerkte meinen Blick und nickte sanft. War der einzige Mensch, der wusste, wie es mir ging, ausgerechnet mein früherer Entführer?
»Das Dessert ist einmalig«, lobte ich in Richtung Georg, der sich zu uns gesetzt hatte. »Wo ist denn der Meisterkoch, damit wir ihm unser Kompliment machen können?«
Georg schleckte die letzten Reste von seinem Löffel, dann stand er auf. »Ich gehe ihn mal holen.« Er ging in die Küche und kam nach wenigen Minuten mit Dimitrij zurück. Wir applaudierten spontan, und Dimitrij wurde verlegen. »Danke«, murmelte er. »Es freut mich, wenn es euch geschmeckt hat.«
»Das hat es«, sagte Sascha und alle nickten. Dimitrij setzte sich an den Tisch, und ich erhob mich.

»Ich glaube, ich muss mal nach meinem Verlobten sehen.« Sascha sah kurz zu mir, und ich hätte schwören können, dass sein Blick traurig war. *Ich muss das tun*, formte ich lautlos in seine Richtung, und er nickte sanft. Dann verließ ich den Speisesaal.

Daniel lag auf dem Bett und starrte an die Decke, als ich die Zimmertür öffnete. Ich ging zu ihm.
»Na, alles wieder gut?«
Er sah mich wütend an. »Das könnte dir so passen.«
Ich setzte mich an die Bettkante und griff nach seiner Hand, aber er zog sie weg. »Was ist denn?«, fragte ich, denn ich hatte wirklich keine Ahnung, warum er so sauer war. Ich hätte wütend sein können. Denn schließlich war es ihm egal, was mir meine Eltern mein ganzes Leben lang angetan hatten.
»Du fragst allen Ernstes, was ist?« Daniel funkelte mich mit vor der Brust verschränkten Armen an.
»Ja, das möchte ich gerne wissen. Schließlich möchte ich verstehen, was dich wütend macht.«
»Schlimm genug, dass du es nicht merkst.«
»Tut mir leid. Bitte erkläre es mir.«
Er rutschte im Bett hoch, so dass er sich setzen und mit dem Rücken gegen die Wand lehnen konnte.
»Na, gut«, fing er an. »Aber dir ist hoffentlich aufgefallen, dass ich dich verteidigt habe, gegen diesen, diesen …«

Ich rückte näher an ihn. »Okay, ja, irgendwie.«
Daniel sah zu mir. »Nur irgendwie?«
»Na ja, eigentlich hast du mehr dich verteidigt, oder nicht?«
Daniel zog die Arme enger an die Brust. »Von mir aus. Aber du hättest mir auf jeden Fall zur Seite stehen müssen.«
»Hab ich doch.«
»Ach, ja? Wie denn?«
»Ja, äh …«
»Siehst du? Hast du nämlich nicht. Man könnte fast denken, du würdest Sascha recht geben.«
Ich schluckte. »Na ja …«
Daniels Augen verengten sich. »Ich wusste es. Du gibst ihm recht. Findest du wirklich, dass ich deine Interessen nicht berücksichtige?«
»Du weißt, dass ich mich nicht wohl damit fühle, wenn du in Vaters Firma arbeitest.«
»Aber darüber haben wir doch gesprochen.«
»Ja, ich weiß. Aber habe ich denn wirklich eine Chance, nein zu sagen?«
»Aber natürlich.«
»Und dann? Wirst du mir das nicht ewig vorhalten?«
Daniel löste seine Arme von der Brust und ergriff meine Hand. »Nein, natürlich nicht.« Ich sah in seine Augen, und er lächelte. Doch ich wusste, dass dieses Lächeln

nur gequält war. Ich betrachtete unsere ineinander liegenden Hände. »Lass uns ein anderes Mal darüber reden, okay?«

Er nickte, und ich gab ihm einen Kuss. Er zog mich zu sich.

»Das Bett scheint recht komfortabel zu sein.« Daniel grinste.

»Das denke ich auch«, antwortete ich.

»Lass es uns ausprobieren.«

»Später«, sagte ich. »Ich möchte noch nach Vanessa sehen. Es ging ihr nicht gut.«

Daniel küsste mich. »Okay. Aber bleib nicht zu lange.«

»Versprochen«, sagte ich und erhob mich vom Bett. »Bis gleich«, hauchte ich und versuchte, möglichst verführerisch zu klingen. Dann ging ich aus dem Zimmer und holte tief Luft. Ich hatte soeben meinen zukünftigen Ehemann belogen. Ich wollte einfach nur weg. Das war kein gutes Zeichen.

Ich trottete zurück zum Speisesaal, in der Hoffnung, dass noch jemand dort war, aber ich fand ihn verwaist vor. Dann schaute ich in die anderen Räume, aber alle schienen auf ihren Zimmern zu sein. Ich überlegte, doch wieder zurück zu Daniel zu gehen, als mir die Terrasse einfiel. Etwas frische Luft würde mir guttun, obwohl es jetzt im Herbst und schon recht kühl war. Ich überlegte, mir eine Jacke zu holen, doch dann entschied ich mich dagegen. Ich würde schon nicht gleich erfrieren. Ich öffnete die Tür zur Terrasse und sog die kühle Abendluft ein. Automatisch musste ich an den Moment denken, als ich zuletzt hier gestanden hatte. Ich sah noch die wuselnde Eventmanagerin vor mir, die Stehtische und das ganze Hochzeitsarrangement. Doch nun war dort nur noch Rasen, umrandet von Bäumen und Sträuchern. Zwei Korbstühle standen verwaist etwas abseits. Ich ging darauf zu und setzte mich. Dann betrachtete ich den Mond, der dreiviertel voll war. Man konnte einzelne Krater auf seiner Oberfläche erkennen. Ich suchte den Himmel nach Sternen ab, aber Wolken versperrten den Blick auf die meisten von ihnen. Wieder sog ich die kühle Luft ein und verschränkte die Arme vor der Brust, um mich zu wärmen. Ich sollte wirklich hineingehen zu Daniel. Warum sperrte sich alles in mir dagegen? Machte ich mir etwas vor? Daniel war gut zu mir. Er war für mich da. Vielleicht liebte er mich sogar. Es könnte möglich sein. Ich musste dies einfach in Erwägung ziehen, auch wenn es meiner bisherigen Lebenserfahrung widersprach. Ich sah wieder in den Himmel und erkannte den Großen Wagen. Daniel war gar nicht das Problem. Ich war es. Denn ob ich ihn liebte, konnte ich nicht mit Gewissheit sagen. Aber ich wusste, ich würde mir darüber klarwerden müssen. Am besten, bevor ich Entscheidungen treffen würde, die nicht so schnell rückgängig zu machen waren.

»Ist dir nicht kalt?« Ich zuckte zusammen und drehte mich in die Richtung, aus der die Stimme kam. Vor dem Licht, das durch die Terrassentür schien, erkannte ich die Umrisse von Sascha. »Geht so«, murmelte ich.
»Moment«, sagte er und ging zurück ins Haus, um wenige Sekunden später mit einer Decke zurückzukehren. Er kam zu mir und legte sie mir über die Schulter. Dann setzte er sich in den Stuhl neben mir.
»Danke«, flüsterte ich.
»Bitte.«

Wir saßen schweigend nebeneinander. Ich überlegte, warum ich nicht fluchtartig aufgestanden und verschwunden war. Was Sascha dachte, konnte ich nur mutmaßen.
»Bist du glücklich?«, fragte er mich unvermittelt.
»Sollte ich wohl sein«, antwortete ich erschreckend ehrlich.
»Bist du es denn nicht?«
»Das ist nicht so leicht zu sagen. Es sind eine Menge umwälzende Entscheidungen zu treffen. Das macht schon etwas Angst.«
»Liebst du denn deinen Daniel?« Ich war mir sicher, dass er mich in dem Moment ansah, aber ich konnte es nicht erkennen. »Natürlich«, sagte ich.

»Dann ist es doch gut.« Wieder schwiegen wir.
»Weißt du noch das letzte Mal, als wir hier am Abend waren?«, unterbrach Sascha nach einer gefühlten Ewigkeit die Stille.
Ich drehte mich zu ihm, aber in der Dunkelheit konnte ich ihn nur schemenhaft erkennen. »Was meinst du?«
»Die Party am Vorabend. Erinnerst du dich?«
Und ob ich mich erinnerte. Besonders an die Nacht danach. Wollte er darauf anspielen? »Was meinst du?«, fragte ich vorsichtig.
»Ich glaube, du weißt, was ich meine.«
Ich wusste nicht, was ich dazu sagen sollte, und entschied mich, nichts zu antworten. Ein leises Lachen erklang aus Saschas Korbstuhl.
»Was ist?«, fragte ich nach.
»Ich muss nur gerade daran denken, wie vehement du immer bestritten hast, dass es Liebe gibt. Und nun stehst du kurz davor zu heiraten. Irgendwie schräg, nicht wahr?«
»Man kann sich doch mal irren.«
»Das heißt, du glaubst jetzt an die Liebe?«
»Ja, ich denke schon.« Ich erwartete eine direkte Antwort aus dem Stuhl neben mir, doch sie kam nicht. Es dauerte eine Weile, bis ich Saschas Stimme wieder vernahm. Sie klang leise und vorsichtig. »Dann ist vielleicht jetzt der Moment, an dem ich dir sagen kann, dass

ich mich damals an diesem Abend bei der Party hier im Garten in dich verliebt habe.«
Ich starrte ihn an. Er konnte es zwar nicht sehen, aber ich war mir sicher, er spürte es. »Hast du sie noch alle? Warum sagst du mir so etwas?«
»Weil es wahr ist.«
»Ich werde bald heiraten.«
»Ich weiß.«
»Ja, dann sagt man doch so etwas nicht.«
»Doch, nämlich dann, wenn man weiß, dass die Braut einen riesigen Fehler macht.«
Ich sprang auf. »Das geht dich einen Scheißdreck an.«
Ich konnte erkennen, wie Sascha sich im Stuhl in meine Richtung wandte. Aber er sagte nichts. Stattdessen schmiss ich die Decke in seine Richtung. »Arschloch«, sagte ich und drehte mich zum Gehen.
»Ich weiß«, hörte ich noch aus Saschas Richtung, dann ging ich schnell ins Haus.

Ich war noch mehrere Male den Flur hin und her gegangen, bis ich mich soweit beruhigt hatte, um in unser Zimmer zu gehen. Daniel lag im Bett, und es dauerte eine Weile, bis er mitbekommen hatte, dass ich zurück war.
»Du wolltest doch schnell wiederkommen«, grummelte er.
»Ja, tut mir leid. Ging nicht eher.«

»Hm«, hörte ich dann nur noch, bevor ich ins Bad ging und mit der Abendtoilette begann. Als ich dann ins Bett kroch, schlief er fest. Ich ärgerte mich darüber, dass ich erleichtert war.

XX

Überall war Hektik. Für ein gemütliches Frühstück war keine Zeit gewesen. Dimitrij und Georg hatten nur ein kleines Buffet in der Küche aufgebaut, und jeder konnte sich auf die Schnelle etwas nehmen. Dann ging es weiter mit den Vorbereitungen des großen Moments. Das große Wohnzimmer, das an die Terrasse grenzte, war umgeräumt worden und diente nun als eine Art Festsaal, in den wir nach der Trauung im Standesamt zurückkehren würden.

Daniel stand vor dem Spiegel und fummelte an seiner Krawatte. Ich ging zu ihm. »Soll ich dir helfen?«

»Geht schon«, antwortete er, und ich versuchte, aus den wenigen Worten seine Stimmung zu erkennen. Es gelang mir aber nicht zufriedenstellend. War er einfach nur nervös oder lag da eine Missstimmung in der Luft? Ich hätte auf ihn zugehen sollen, aber ich konnte es nicht. Stattdessen ging ich ins Bad und zog den Lippenstift nach. Dabei betrachtete ich mich im Spiegel. Es war wie ein Déjà-vu, denn ich sah ziemlich genauso aus wie beim letzten Hochzeitsversuch. Nur fühlte es sich jetzt anders an.

»Bist du soweit?«, fragte ich, als ich aus dem Bad kam, und erntete ein Brummen als Bestätigung. Ich griff meine Clutch und ging zur Tür. Daniel hechtete an mir vorbei und öffnete sie. Er lächelte. »Madame«, sagte er theatralisch. Mir schien, es gäbe doch noch Hoffnung.

»Ich sehe mal nach, ob Vanessa noch Hilfe benötigt«, teilte ich ihm mit, als wir den Flur entlang gingen. »Warte doch schon mal bei den Wagen.«
Daniel nickte, und ich ging in Richtung Vanessas Zimmer. Als ich klopfte und die Tür öffnete, stockte mir der Atem. Vanessa stand da in diesem Traum von einem Kleid und strahlte mich an.
»Du siehst umwerfend aus«, rief ich aus.
Vanessa sah an sich hinunter.
»Danke«, sagte sie. »Ist irgendwie, als ob man alles schon mal erlebt hätte, nicht wahr?«
Ich nickte. »Ich hoffe aber, dass es dieses Mal anders wird.«
»Oh ja«, sagte Vanessa und wir mussten beide lachen. »Weißt du noch, wie ich dich beim letzten Mal nach deiner Ehe gefragt habe und du mir von der Liebe erzählt hast?«
»Als ob ich das je vergessen könnte. Es tut mir sehr leid, dass ich dir damals nicht die Wahrheit sagen konnte.«
»Schon klar.« Vanessa machte einen Schritt auf mich zu und fixierte meine Augen. »Aber heute bist du ehrlich, nicht wahr?«
»Ja, sicher«, stammelte ich unsicher, was da auf mich zukäme.

»Glaubst du denn jetzt an die Liebe?«

Ich griff ihre Hand und zog sie an mein Herz. »Ihr beide, Paul und du, ihr habt mir gezeigt, dass es Liebe gibt. Ja, ich kann nun ehrlich sagen, dass ich glaube, dass es Liebe gibt. Aber …«

»Was aber?«, hakte Vanessa nach.

»Ich weiß immer noch nicht sicher, ob es Liebe auch für mich gibt. Und ich weiß auch nicht, wie es sich anfühlt zu lieben. Welche der Dinge, die ich spüre, sind denn Liebe und welche sind nur irgendwelche Hoffnungen?«

»Liebst du Daniel denn nicht?«

»Ich … ich weiß nicht«, stotterte ich.

Vanessa entzog mir ihre Hand und legte sie auf meine Schulter. »Hm, kribbelt es denn überall in dir, wenn er da ist? Zerreißt es dich, wenn er nicht da ist?«

Ich sah sie mit großen Augen an. »Ich finde es schön, wenn er da ist und ich nicht alleine bin.«

Vanessa sah mich traurig an und wollte etwas erwidern, als es an der Tür klopfte. »Schatz, wir müssen los«, hörten wir Pauls Stimme. Vanessa küsste mich auf die Wange. »Wir reden später weiter.«

Ich küsste sie ebenfalls. »Ich wünsche dir eine wunderschöne Hochzeit.« Dann öffnete ich die Tür und sah einen glückstrahlenden Paul ins Gesicht. »Hier hast du sie«, sagte ich und machte den Weg frei für das Hochzeitspaar.

Vor der Villa standen mehrere Wagen mit Chauffeur, die uns in den Ort zum Standesamt fahren sollten. Georg und Melanie standen vor einem Wagen und winkten mir zu. Ich ging auf sie zu, während das Brautpaar unter hörbaren Ohs und Ahs zum vordersten Wagen ging, der mit Blumen geschmückt war.
»Das hier ist unser Wagen«, stellte Georg fest.
»Kommt Dimitrij nicht mit?«, fragte ich.
Georg schüttelte den Kopf. »Nein, er muss in der Küche alles im Griff behalten.«
Ich sah mich um. Pauls Eltern kamen aus dem Haus und gingen auf einen Wagen zu. Ich nickte in ihre Richtung, und sie nickten zurück. Dahinter erschien Sascha und nickte mir ebenfalls zu. Ich drehte mich erschrocken zu Georg, der die hintere Wagentür aufhielt, so dass Melanie und ich einsteigen konnten. Daniel, der still bei uns stand, setzte sich nach vorne, und Georg kam zu uns nach hinten. Es dauerte noch einige Minuten, dann setzte sich die Kolonne in Bewegung.

Das Standesamt des Ortes war in einem wunderschönen, alten Fachwerkbau untergebracht. Wir folgten dem Brautpaar durch die reichhaltig verzierte Holztür ins Innere. Eine Beamtin empfing uns und sagte, dass wir gleich in den Saal durchgehen könnten.

Sascha stand vorne bei den Schwiegereltern, und ich sah ihn nur von hinten. Im Saal setzte er sich nach vorne. Wir entschieden uns für eine hintere Reihe. Die Beamtin kam herein und begann mit der Zeremonie. Sie sprach mit einer angenehmen Stimme, und jeder im Saal lauschte ihr gebannt. Sie erzählte von der Bedeutung der Ehe und davon, dass man füreinander da sein würde. Ich betrachtete das Brautpaar, wie es der Beamtin zuhörte, und plötzlich sah ich mich dort sitzen. Die Worte, die gesagt wurden, projizierte ich auf mich und auf Daniel. Ich sah, wie Paul seine Vanessa anstrahlte und wie sie ihm dankbar entgegen lächelte. Dann versuchte ich, im Augenwinkel Daniel zu beobachten, der ausdruckslos nach vorne starrte.

Meine Gedanken wurden dadurch unterbrochen, dass die Beamtin nun die entscheidende Frage stellte. Beide antworteten absolut sicher und laut hörbar mit Ja. Applaus brandete auf, und die Fotoapparate blitzten um die Wette.

Als wir den Trausaal verließen, empfing uns Georg mit einem Tablett voller Sektgläser. Wir nahmen uns jeder ein Glas und prosteten dem Brautpaar zu. Jeder ging zusätzlich noch einmal zu den beiden Frischvermählten und gratulierte ihnen persönlich. Als ich an der Reihe war, drückte ich zuerst Paul, und er bedankte sich. Ich umarmte Vanessa. »Für dich gibt es auch Liebe«, hauchte sie mir ins Ohr und lächelte, als ich mich von ihr löste. Dann gingen wir wieder zu den Wagen und fuhren zurück in die Villa.

Dort hatten fleißige Helferlein eine wunderschöne Kaffeetafel aufgebaut. Wir nahmen Platz und es erklang eine Fanfare. Dimitrij und Georg trugen eine dreistöckige Hochzeitstorte herein und forderten das Hochzeitspaar auf, diese anzuschneiden. Sie taten es, wie es sich gehörte, gemeinsam und verteilten die Stücke an die Gäste.

»Köstlich«, wandte ich mich an Daniel, der neben mir saß, und über die ganze Trauung kein Wort gesagt hatte. Auch jetzt nickte er nur. »Was ist denn los?«, hakte ich nach und war mir nicht sicher, ob es eine gute Idee war.

»Nichts«, murmelte er und führte sich ein weiteres Stück Torte zum Mund.

»Wie nichts sieht es aber nicht aus«, stellte ich fest. Er drehte sich zu mir. »Kannst du dir vorstellen, dass wir auch so heiraten?«

Ich sah ihn erschrocken an. Hatte er die gleichen Gedanken gehabt? »Ich weiß nicht.«

Er verzog das Gesicht. »Gib es zu. Du hast doch auch die Trauung beobachtet und dich die ganze Zeit gefragt, wie es wäre, da vorne zu sitzen.«

Ich nickte schwach. »Ja, habe ich.«

»Und? Kannst du es dir vorstellen?«

»Ich weiß nicht.«
Daniel lächelte. »Da sind wir schon zwei.« Dann steckte er sich das letzte Stückchen Torte in den Mund.

Ich stocherte stattdessen in den Resten des Marzipanüberzugs auf meinem Teller herum. Sollte man sich nicht sicher sein, wenn man heiraten wollte? So sicher, wie es Vanessa und Paul waren? Ich sah mich in der Runde um, und mein Blick traf sich mit dem von Sascha. Seiner war traurig. Er wirkte bedrückt und er senkte seinen Blick sofort, als sich unsere Augen trafen.

Das Brautpaar war kurz mit dem Fotografen unterwegs, und wir hatten etwas Pause, bis die Party am Abend stattfinden sollte. Ich ging auf die Terrasse und setzte mich wieder in einen der Korbstühle. Die Luft war frisch, aber nicht kalt. Sie tat mir gut und half mir, meine Gedanken zu sortieren.
»Na, musst du auch nachdenken?«, hörte ich aus dem anderen Stuhl, der etwas von mir entfernt stand. Ich sah zur Seite und erkannte, dass Sascha dort saß und mich ansah.
»Hm«, antwortete ich und drehte mich wieder nach vorne.
»Hast du dir vorgestellt, wie es bei deiner Hochzeit sein wird?«
»Was willst du? Mich wieder verunsichern?«
Es dauerte etwas, bis er antwortete. »Nein«, flüsterte er

fast. »Ich möchte, dass du glücklich wirst.«
»Da sind wir uns ja einig.«
»Bist du denn glücklich mit Daniel?«
»Das geht dich nichts an.«
Wieder brauchte es eine Weile, bis er etwas sagte. »Komm mit mir«, sagte er. Ich erschrak und wandte mich zu ihm. »Was soll das?«
»Komm mit mir. Du liebst Daniel doch gar nicht.«
Er erhob sich aus seinem Stuhl und kam zu mir. Ich sprang auf und wollte flüchten, doch er hielt mich an den Armen fest.
»Lauf nicht weg«, hauchte er, und ich spürte seinem Atem. Ich sah seine traurigen Augen, sein markantes Gesicht. Ich spürte seine Hände auf meinen Armen, und ich fühlte etwas, das ich bei Daniel nicht empfunden hatte: Mein Körper kribbelte überall. Er küsste mich, und ich ließ es geschehen. Ich hatte das Gefühl zu schweben. Nie zuvor hatte ich mich so frei gefühlt.
Ich stieß ihn weg. »Das geht nicht!«
Ich riss mich von ihm los und stürmte zurück ins Haus. Glücklicherweise achtete niemand auf mich, und so konnte ich ohne Schwierigkeiten in unser Zimmer gelangen. Daniel lag auf dem Bett, als ich Tür öffnete, und sah mich fragend an. »Was ist denn los? Du siehst aus, als hättest du ein Monster gesehen?«
»Hab ich auch«, rutschte es mir heraus, und ich ahnte,

dass ich nun Nachfragen provoziert hatte.
»Oh, was war denn?«
»Äh, ich hab gedacht, Vanessas penetranter Onkel wäre aufgetaucht, und war total erschrocken. Du weißt schon, dieser Typ, der seine Finger nicht bei sich behalten kann. War er aber glücklicherweise nicht.« Ich flüchtete ins Bad und spritzte mir kaltes Wasser in Gesicht. Egal, dass das Make-up dadurch ruiniert war. Müsste ich es eben erneuern.

Als Daniel mich ermahnte, dass wir langsam losmüssten, hatte ich alles wieder hergerichtet und mich einigermaßen gefangen. Ich überlegte, ob ich es noch irgendwie herauszögern könnte, aber das würde nur weiteren Erklärungsbedarf erzeugen. Also fügte mich, stand von meinem Stuhl auf und signalisierte, dass ich bereit wäre.

Der Festsaal war nun leicht umarrangiert worden. Vor einer kleinen Tanzfläche thronte ein DJ mit seiner Apparatur. Fast die ganze Gesellschaft saß wieder auf ihren Plätzen. Ich suchte automatisch nach Sascha, der ebenfalls bereits am Tisch saß und mich beobachtete. Demonstrativ nahm ich Daniels Hand und zog ihn zu unserem Platz. »So einen Hunger?«, witzelte er und lachte.
»Total«, gab ich vor.

Das Essen war phänomenal. Dimitrij hatte sich selbst übertroffen, und alle hingen gesättigt und träge in ihren Stühlen, als Vanessa und Paul verkündeten, dass nun der Tanz eröffnet sei. Sie machten gleich den Anfang, und ich bewunderte, wie harmonisch sich die beiden im Takt bewegten. »Wollen wir auch tanzen?«, raunte ich Daniel zu.
»Ist nicht so mein Ding, Schatz.«
»Wenn wir heiraten, dann musst du es aber.«
»Aber nur einmal.«

Glücklicherweise änderte der DJ schnell die Musik, und es konnte auch auseinander getanzt werden. Melanie gab mir durch Blicke zu verstehen, dass sie gerne tanzen würde, und ich nickte. Wir trafen uns auf der Tanzfläche.
»Ist eine schöne Hochzeit, nicht wahr?«, sagte sie mir ins Ohr, während wir uns im Takt bewegten. Ich nickte und sah durch den Raum.
»Guckst du dir schon mal an, wie es geht?« Melanie grinste, bevor sie eine wilde Drehung vollführte.
»Wow, kannst du etwa auch professionell tanzen?«
Sie schüttelte den Kopf. »Nö, aber Körperbeherrschung gehört zu meinem Sport.«

Es tat gut, sich etwas zu verausgaben. Insbesondere nach dem opulenten Mahl, das uns Dimitrij kredenzt hatte. Melanie und ich tanzten wilder und forderten uns mit immer neuen Bewegungen gegenseitig heraus. Mir lief der Schweiß die Stirn hinunter, und als der DJ das Tempo drosselte, gab ich Melanie das Zeichen, dass ich aufhören wollte. Ich drehte mich zum Gehen, als Sascha vor mir auftauchte und mir seine Hand entgegenhielt.
»Gestattest du mir einen Tanz?«
Ich sah ihn an und dann zu Daniel, der am Tisch saß und ein Bierglas in seiner Hand drehte. »Hältst du das für eine gute Idee?«
»Es ist nur ein Tanz.«
Wieder sah ich zu Daniel, der nichts zu bemerken schien. Was sollte an einem Tanz schon schlimm sein? Ich ergriff Saschas Hand und ließ mich sanft an ihn ziehen. Ich legte meine Hand auf seine Schulter und spürte, wie er mir behutsam das Signal zum Start gab.

Es war, als ob ich in eine andere Welt eingetreten wäre. Eine Welt, in der ich einfach loslassen konnte und leicht dahin glitt. Eine Welt, die mich immer auffangen und mich nie verletzen würde. Eine Welt, die nach Sascha duftete und mir die Sinne raubte.

Die Musik wechselte, und Sascha stoppte. Ich sah ihn an. »Das war der Tanz«, murmelte ich und wusste, dass ich es nicht enden lassen wollte. Im Augenwinkel konnte ich aber sehen, dass Daniel immer noch auf seinem Platz saß, aber immerhin in meine Richtung schaute. Sascha sah mich nur an.

»Ja, das war der Tanz«, sagte er. »Verzeih mir«, hängte er an.

»Was soll ich dir verzeihen?«

»Das, was ich jetzt tue.«

Ich wusste nicht, was er meinte, bis er mich an der Hand packte, mich anlächelte und sagte: »Ich entführe dich jetzt.«

Ich sah zu Daniel, und er sah mich an.

»Tut mir leid«, formte ich mit dem Mund, dann zog Sascha an mir und ich folgte ihm. Wir rannten über die Terrasse um das Haus auf ein Auto zu.

»Wohin willst du denn überhaupt?«, keuchte ich.

»Egal«, antwortete er und öffnete die Wagentür. Ich stieg ein. Auf dem Beifahrersitz lag ein Buch. Ich nahm es in die Hand und setzte mich. Sascha stieg auf der Fahrerseite ein und startete den Motor, während Daniel, Melanie, Georg und das Brautpaar ebenfalls um die Ecke kamen. Sascha gab Gas und die Kieselsteine stoben unter den Reifen des Wagens zur Seite. Wir fuhren die Auffahrt entlang, und ich sah auf das Buch in meinen Händen.

»Hast du es gelesen?«, fragte ich Sascha.

»Na klar, bis zum Ende.«

Ich lehnte mich an ihn. »Das ist schön.«
Er bog auf die Landstraße ein und beschleunigte. Auf meinem Schoß lag mein Buch.
Amanda Schneider, stand auf dem Einband.
Entführung ins Glück.

***

Vera Nentwich

Rausgekickt: Blaue Vögel

Roman

Wenn Angst das Schicksal sabotiert, wie soll man dann die Liebe finden?

Mechthild hat Angst. Ihr ganzes Leben ist davon geprägt. Die beschützende Mutter durch einen Unfall verloren und dem tyrannischen Vater schutzlos ausgeliefert, lebt sie ihr einsames Leben. Nur ihr Traum vom Regenbogen gibt ihr Halt. So stolpert sie von einer Katastrophe zur nächsten. Bis ihre Unfälle beginnen, die Arbeit der Schicksalsboten zu behindern. Es muss etwas geschehen. Mechthild muss aus ihrem Leben gekickt werden. Eine furiose Reise beginnt.

Erhältlich als Taschenbuch und E-Book